EW
エブリスタ
WOMAN

Once again

蒼井蘭子著

三交社

Once again 目次

プロローグ …… 005
第一章　運命の豪雨 …… 027
第二章　終わりの始まり …… 064
第三章　硝子(ガラス)の絆(きずな) …… 107
第四章　それでも朝はやってくる …… 146
第五章　素直になれたら …… 190
エピローグ …… 241

プロローグ

　ひらひらと桜の花びらが舞う中、真新しいスーツを着込んだ学生たちが、入学式と書かれた看板を横目に、意気揚々と大学の門をくぐっていく。中にはその看板の前で写真を撮る学生の姿もある。その光景を微笑ましく眺めながら、藤尾礼子はカメラを持ってこなかったことを少し後悔していた。もっともカメラを持っていたとしても、誰かに撮影を頼める性格ではなかった。

　閉鎖的な田舎町から出たい一心で、必死に勉強して合格を勝ち取った大学だけに、同じ高校からの受験者は他に誰もいなかった。さすがに大阪の大学を受験する生徒が一人もいなかったことには驚いたけれど、後悔はしていない。むしろ自分を変えるいいチャンスだと思うようにしていた。

　マンションで一人暮らしを始めたのは、わずか二週間前。おとなしい性格の礼子が大阪独特の言葉とノリに慣れるには、十分な時間とは言えなかった。友達同士ではしゃぐ学生たちを目の前に、引っ越しの日に駅で見送ってくれた地元の友達のことを思い出す。寂しさが押し寄せてきて、写真を見ようとスマホを取り出しかけたけれど、思いとどまって少し先に見える校舎を仰ぎ見た。

立派な校舎の上に広がる青く澄んだ空が、今日の入学式を祝ってくれているようだった。門を一歩くぐると、入試のときの張り詰めていた空気がウソのような賑わいに、緊張していた気持ちが少しずつ高揚していくのを感じた。

校舎に向かって進んで行くと、あちらこちらで在校生と思しき人たちが、声を張り上げてビラ配りをしながら、新入生を取り囲んでは熱心にサークルの勧誘をしている。

引っ込み思案の礼子は目を合わさないようにして足早に通り過ぎようとするが、すぐに取り囲まれてしまい、やっと解放されたかと思うと、また別の勧誘に捕まるという繰り返しで、なかなか校舎にたどり着けない。入学式まで時間が押し迫っているのに強く断ることもできず、身動きがとれなくなってしまった。

困り果ててしまい、うつむいていると、ふいに背後から誰かに肩を抱きかかえられた。

「探したよ。この子は俺の知り合いやから、そこ通してあげて」

驚いて見上げると、その人はとろけるような微笑みを礼子に向けた。そして、そのまま一緒に校舎に向かって歩き始める。見覚えのない顔だったが、突然の出来事に誰なのか尋ねることもできないまま、つられるように歩いた。

「さっさと振り切って行かな、入学式に間に合わへんで」

「あ、ありがとうございます」

礼子は肩に回された手を下ろしてほしいと思いながらも、助けてもらったことを考えると何も言えなくて、そのまま黙って従うことにした。

歩きながらさりげなく横顔をうかがってみるけれど、どう考えても新入生ではなさそうだ。

背が高くて二重のぱっちりした目元が印象的な顔立ちと、几帳面に整えられた髪は、まるで雑誌に出てくるモデルのようだ。どれだけ記憶を呼び起こしても、礼子の知り合いにこれほどカッコいい人はいなかった。

「はい、お疲れさま。びっくりしたやろ。君みたいな子は狙われやすいから気をつけや」

「……ありがとうございます」

校舎にたどり着いて、礼子はようやく解放された。歩いている間、まともに息もできなかった。女子高に通っていた礼子にとって、これほど至近距離で男性に肩を抱かれたのは初めてだった。

さらに言えば、礼子はこんなにカッコいい人が関西弁を口にしていることに違和感を覚えていた。というのも、今まで見てきたドラマや映画の中のイケメンは、みんな標準語を話していたからだ。東京生まれではないけれど、関東出身の両親のもとで礼子も生まれ育った。礼子にとって身近な男性は父と弟しかいないけれど、彼らももちろん関西弁は使わない。

戸惑う礼子の心中を察する様子もなく、その人はジャケットの内ポケットから何かを取り出すと、慣れた手つきで差し出した。

「俺、関口遼。ここの三年。よかったら連絡して」渡されたのはサークル名が入っている名刺だった。

「じゃあ、待ってるから」

そう言い残すと、彼は踵を返して背中越しに手を振り、颯爽と校舎の奥へと消えて行った。礼子は呆気にとられたまま、彼の姿が見えなくなるまで見送った。しかし急ぎ足で会場に走っていく学生のひとりと肩がぶつかり我に返った。

腕時計を確認すると、入学式の開始時刻が迫っていた。礼子は慌てて人の流れを追って会場に急いだ。

なんとか時間までに受付を済ませ、会場に足を踏み入れると、会場は新入生でざわついていた。席に着いてしばらくすると、職員や来賓が姿を現し、司会者の声で会場が静かになった。

それにしてもあの人はなんだったのだろう。白馬にこそ乗っていなかったけれど、まるで物語の王子様のようだった。わかっているのは関口遼という名前と連絡先、そしてサークル名だけだ。

礼子の頭の中はさっき会ったばかりの男に支配されて、壇上にいる人の話はまったく耳に入ってこなかった。

しかし、冷静さを取り戻すにつれ、きっとあの人もサークルの勧誘だったのだろうという考えに至った。あれほどのイケメンが、しかも入学初日に自分に声をかけてくる理由は他に思い浮かばなかった。

途端に、一瞬でも運命の出会いかもしれないと思った自分が恥ずかしく思えた。微かな期待が失望に変わり、さっきまで早鐘を打っていた鼓動が急におとなしくなった。とんだ乙女心の無駄使いだ。礼子はそう結論づけて、それ以上考えるのをやめた。

礼子はもらった名刺を無造作にカバンに放り込むと、この退屈な時間が早く終わることを祈りながら、壇上にいる何人目かの学校関係者の話をぼんやりと聞いていた。すると、突然、耳元で囁かれた。

「ねぇ、どこのサークルに入るか決めた？　よかったら一緒に入らへん？」

礼子に話しかけてきたのは、いつの間にか右隣の席に座っていた、パーマがよく似合う可愛い女の子だった。彼女は関西圏の出身なのだろう。当然のように関西弁で話しかけられ、即座に返事ができなかった。

「ねぇ、聞いてる？」

「あ、うん」

「私、知り合いいてないねん。せっかく隣に座ってんから、仲良くしてな」

「……」

　小声ながらも、笑顔で迫ってくる彼女の迫力に、もはや拒否できる雰囲気ではなかった。しかも、すでに礼子の両手は彼女の手の中にある。こんなに情熱的に手を握られたことなど十八年の記憶を振り返っても思い出せなかった。

「私、渡辺夏海」

「私は藤尾礼子。私も知り合いがいないから、よろしくね」

　さっき知り合ったばかりのあのイケメンは当然カウント外なので、ウソではない。

「礼子って大阪の子ちゃうねんな。なんか新鮮やわ」

　夏海の中ではすでに親友認定されているのか、いきなり呼び捨てにされて面食らう。それに〝新鮮〟というのはこちらのセリフだと思うと、苦笑いがもれた。

　だけど自分には、これくらい押しが強くて、元気な子のほうが友達としてうまくいく気がした。人見知りの自分が高校生活を楽しく過ごせたのは、活発なクラスメイトたちのおかげによるところが大きかった。逆に礼子のおとなしい性格は、相手からするとなぜか信頼を置けるように映るらしく、それなりに頼りにもされていた。

「ねぇ、礼子はどこに住んでんの？」

「えっと、南千里(みなみせんり)って駅のそばだけど」

「一人暮らし？　いいなぁ。私、実家やねん。一人暮らししたいって言ってんけど、そんなに遠くないから実家から通えって」

「そうなんだ」

　都会に出たかっただけで、望んで一人暮らしを始めたわけではない礼子にとって、実家から通える夏海が羨ましかった。はっきり言って贅沢な悩みだとさえ思う。

　そういえば、弟がゴールデンウィークになったら観光がてら様子を見に来ると言っていた。しかし、それは口実で、ＵＳＪに行くのが目的に違いない。礼子の家はただの宿代わりだ。

「でも、〝遠くない〟って言うけど、一時間もかかるねんで。朝早く起きなあかんし、面倒やと思わへん？」

「え、一時間って遠いの？」

　礼子の地元で通勤や通学の時間が一時間というのは、むしろ近いと言ってもいいくらいだった。

「遠いよ。本当に信じられへん。ということで、礼子の家にときどき泊まりに行くからよろしくね」

し強引な性格に笑いながら夏海を見送った。

「あ、うん」

その日、入学式が終わると、夏海はそのまま礼子のマンションに遊びに来た。そして、よほど居心地がよかったのか、明日さっそく泊まりに来ると言い出した。礼子はその少し強引な性格に笑いながら夏海を見送った。

数日後、正門をくぐると、先日のイケメンが礼子の通う校舎の入り口の壁にもたれかかっているのが遠目に見えた。彼は通り過ぎる学生に声をかけられ、笑顔で手を振りながら、誰かを待っているようだった。

まもなく目の前を通ることになる。礼子は一応挨拶(あいさつ)くらいしておくべきかどうか悩んだ。彼の名前は覚えていた。たしか関口遼……。

でも、相手は自分のことなど覚えていないかもしれない。彼にとっては自分などサークルに勧誘した大勢のうちの一人に違いないと思うと、声をかける勇気が出なかった。

ここはスルーしよう。それが一番いい——。

礼子はそう結論を下し、顔を合わせないようにして通り過ぎようとした。

しかし、「おはよう、藤尾さん」と、向こうから声をかけられ、礼子は驚きながら足を止めた。まさか、顔を覚えているだけではなく、名前まで知っているとは思ってもいなかった。

「お、おはようございます」

「待ってたのに」

「えっ⁉」

予期せぬ一言に、礼子は戸惑った。頭の整理のつかない礼子の肩に、遼は先日と同じように腕を回すと、人波を逆行して歩き出した。

礼子は何が起きているのかわからず、促されるまま歩いていく。すると、ほんのりといい香りが鼻腔（びこう）をくすぐった。おそらく香水だろう。その香りに抵抗する気力が削がれそうになるが、礼子は意を決して、どこに向かっているのか尋ねた。

しかし、遼は笑顔を浮かべるだけで何も答えない。

「あの、関口さん？」

もう一度、声をかけてみるものの、遼は無言のまま階段を上っていく。構内とはいえ、入学したばかりで知らない場所だらけの礼子は、このままついていって平気なのか不安に襲（おそ）われた。

やがて、人気（ひとけ）のないフロアに出ると、遼は廊下を奥へと進み始めた。左右の壁にいくつか扉があるだけで、物音一つ聞こえない。扉の横にはネームプレートが貼られていて、おそらく教授室が集まっているフロアだと推察された。

遼はいくつめかの扉の前で足を止めると、礼子を中に招き入れた。部屋の中は壁に沿って本棚が一面に配置されていて、手前に応接セット、奥に立派なデスクが一つあるだけで、誰もいなかった。

閉鎖された空間に二人だけという状況にいてもたってもいられず、礼子がゆっくりと身を翻(ひるがえ)したときだった。遼に腕を掴まれて、本棚に押しつけられてしまった。

「なんで連絡してこんかったん？　待っててんで」

笑顔なのに、遼の目は少しも笑っていない。

「えっと……」

記憶をたどってみるものの、礼子にはそんな約束をした覚えはなかった。

「名刺、渡したやろ」

「はい。いただきました」

今もこのカバンの中に入っている。しかし、サークルの勧誘でたくさん配ったうちの一枚だろうし、誰に配ったかなんて覚えていないと思って電話をしなかった。サークル自体にもあまり関心がなかったし、これほどのイケメンに個人的に興味を持たれていると思うほど自信家でもない。

「じゃあ、なんで？」

「なんでって……私のことなんて覚えてないだろうと思ったので……」

「俺が君を忘れるわけないやろ」

「どうしてですか？」

「君は覚えてないかもしらんけど、合格発表の日、ものすごく緊張した顔で自分の受験番号を探してたやろ。それで番号を見つけた途端に気を失った」

遼はどうだと言わんばかりに言い放った。

合格発表の日、本当は母が一緒についてきてくれるはずだった。ところが、祖母の具合が悪くて、急きょ礼子は一人で向かうことになったのだ。第一希望の大学だったため、緊張して前日はほとんど眠ることができなかったせいもあってか、自分の受験番号を見つけると、緊張の糸が切れて倒れてしまったのだ。

誰かに抱きかかえられたことは、おぼろげながら覚えていた。けれども、次に気がついたときには、一人で医務室のベッドの上にいた。先生からはそばにいた学生が運んでくれたと聞いただけで、名前はわからないと言われた。

「もしかして、私を運んでくれた人ですか？」

「正解。お礼くらい言いに来るかと思ったのに全然探してないみたいやし、しょうがないからこっちから出向いた」

たしかにずっとお礼を言いたかった。しかしこの何千人いるかわからない学生の中から、顔も名前もわからない相手を探し出せるとは思えなかった。

「本当にありがとうございました。ここの学生ってことしかわからなくて、お礼を言いたいとは思ってたんです」

まさか遼があのときの恩人だったとは想像もしていなかった。そして、名前を知っていた理由がわかって安堵(あんど)した。一方で、入学式の日といい、今日といい、自分が世界の中心にでもいるような彼の振る舞いには、少しがっかりもしていた。

「まぁ、お礼はもうもらったからいいけど」

「え？」

意味がわからなかった。遼が医務室へ運んでくれたことを知ったのはたった今で、当然、礼子にお礼をした記憶はなかった。

「でも、もう一回、もらっておこうか」

遼はそう言うと、三十センチほどあった二人の距離を一気に縮め、その端正な顔を礼子の顔に近づけてきた。礼子は彼のくっきりした二重の澄(す)んだ目に釘づけになり、その様子をただ見つめていた。唇に柔らかい感触を感じても、現実の出来事とは思えず、呆然(ぼうぜん)と立ち尽くしていた。

遼の舌が唇の間を割って入ってくる。温かくてざらりとした感触が口の中に広がり、鳥肌が立った。初めての経験に息もできなければ、目を閉じる余裕もなかった。そして、最後にチュッと音が聞こえたかと思うと離れていった。

キスをされていた時間はほんの一瞬だった。けれど礼子には、窒息しそうなほど長く感じられた。混乱したまま、思い切り肺に空気を取り込みながら、何度も瞬きを繰り返す。

「何？　足らん？」

遼が妖艶な眼差しをたたえながら、もう一度距離を縮めようとしたところで、ようやく礼子は我に返った。

反射的に頬を叩きそうになったけれど、振り上げようとした手は遼に掴まれていて、抵抗できなかった。泣きそうになりながら力いっぱい彼の腕を振り払い、両手で口元を覆った。

「ファーストキスだったのに……」

厳密には、先月、気を失っている間に、礼子のファーストキスは奪われてしまっていたらしい。いくら倒れたところを助けてもらったとはいえ、到底受け入れられる話ではなかった。

「そっか、それは嬉しいな。ずっと俺だけにしとき」

「変なこと言わないでください!!」

あまりに身勝手な発言に、礼子は遼の胸を突き飛ばして部屋を飛び出した。

あんな人、大嫌い――。礼子は心の中で何度も叫んだ。

ファーストキスは好きな人と、ファーストキスじゃないキスも好きな人と……。そう昔から心に決めていたのに、イケメンとはいえ、初めて会った相手に、気持ちもないまま奪われてしまったことがショックだった。

礼子は長い廊下を必死に走った。階段を駆け下り、学生たちがたくさんいる見慣れたホールにたどり着くと、ようやく走るのをやめた。

遼が追いかけてくる様子はなかったけれど、また構内のどこかで出くわすかもしれないと思うと落ち着かなかった。

せめて今日はもう顔を会わせたくない。まだ大学に着いたばかりだったが、礼子の頭には、普段なら考えられないことだけれど、〝帰る〟という選択肢しか浮かばなかった。ただ、この日は講義が終わった後、夏海が家に遊びに来ることになっていた。礼子の姿がなくて夏海が心配するといけないと思い、メールを送るためスマホを取り出したときだった。

「礼子。どこに行ってたん？　探したやん」

前方から夏海の声が聞こえた。顔を上げると、大きく手を振りながら近づいてくる。そんな目立った行動をとられては遼に見つかってしまいそうで、一瞬不安に怯（おび）えたけれど、あたりを見渡す限り、遼の姿は見当たらなかった。

「ごめん。ちょっと構内を探検してた。何か面白い場所でもないかって」

「そうなの？　面白いっていえば、さっき来る途中でケーキの美味しそうなカフェ見つけてん。帰りに行ってみようよ。いつも通る道をちょっと曲がった所にあって、めっちゃいい香りがしてて、絶対美味しいと思うねん」

甘いものに目がなくて、味にうるさい夏海がここまで言うということは、きっと本当に美味しいケーキが待っていることだろう。

「じゃあ、今から行こうよ」

礼子は思わずそう言っていた。この際、大学を離れられるなら、どこでもよかった。

「今から？」

「うん、本当に美味しいケーキ、食べにいこうよ」

「講義は？　……まあ、たまにはいいか！」

ノリのいい夏海の性格に助けられ、早速二人で駅方面に向かった。目的のカフェは、途中の道を一本入った所にあった。夏海の言うとおり、角を曲がる前から甘い香りがあたりに広がっていた。

店内に入ると、ショーケースに色とりどりのケーキが並んでいる。

「私はショコラパリとアイスコーヒー。礼子は？」

「苺のタルトとアイスティーにしようかな」

店はこの時間帯にしては賑わっていて、客のほとんどは礼子たちと年の近い子ばかりだった。きっと学生たちの憩いの場になっているのだろう。

万が一、店の外を遼が通っても気づかれないように、礼子は窓際の席を避けて座った。

「で、なんで逃げ出してきたん？」

「え？　な、なんのことかな」

夏海の意外な鋭さに驚く。とぼけてみたものの、夏海は当然といった様子で続けた。

「だって、こんな時間から抜け出すなんて変やわ。礼子らしくない」

礼子はこれまでの学生生活で授業をサボったことは一度もなかった。たった数日一緒にいただけなのに、すでに夏海に性格を把握されているらしい。

「べ、別に、そんな……」

「とぼけても無駄。親友の私にはちゃんと説明して」

ごまかそうかと思ったけれど、この地で礼子が頼れる相手は夏海以外にいない。礼子は観念することにした。

「え～！　関口さんが⁉」

かいつまんで事の次第を説明すると、夏海は店中に響き渡るような大声を上げた。

礼子は夏海の口を慌てて両手で塞ぐと、何事かと視線を向ける周りの人たちに頭を下げた。夏海が礼子の腕を掴んで激しく脚をばたつかせる。礼子はハッとして、口から手を離した。

「ちょっと、苦しい。私を殺す気？」

「ごめん。だってすごく大きな声出すから」

礼子の手を振り払い、まだ興奮冷めやらぬ様子で夏海が大きく肩で息をしている。

「関口さんってこの大学では有名人やん。大学始まって以来の秀才で、あのルックスに加えてお金持ち。関口さんのお父さんの会社がパパの会社の大口取引先やし、私も何かのパーティーで会ったことあるわ。そんな人がなんで礼子に？　あっ、ごめん。けなしているわけじゃなくて、狙ってる人も多いから」

けなすも何も夏海の言うとおりで、誰よりも不思議に思っているのは自分だった。

それにしても、うっかり聞き流すところだったけれど、夏海も父親が社長だということは、それなりにお嬢様だということだ。多少浮世離れしているところがあると感じていたのは、あながち間違いではなかったらしい。

「〝なんで〟って、それは私が一番聞きたいよ。合格発表の日にお世話になったみたいなんだけど、だからって私にあんなことする理由にはならないと思う」

「いいなぁ。代わってほしいわ」

「代わってあげたいよ」

もやもやした気持ちをぶつけるように、礼子はタルトにフォークを突き刺した。でも、口に運んだ途端、その美味しさに頬が緩む。今日のことはこのタルトの味ですべて忘れてしまえたらいいのにと思いながら、アイスティーのグラスに手を伸ばした。

「もしかして、一目惚れとか、かな?」

「何が?」

アイスティーを一口飲んで、礼子は首を傾げる夏海を見た。

「だから、関口さん、礼子に一目惚れしたんじゃないの?」

「ないない。逆立ちしたってないよ」

「そんなことないよ。女の私がキュンってなるくらい美人やし、髪はサラサラやし、後ろ姿も超きれいで、憧れてんから」

そんな風に言われたことはなかったから、嬉しい以上になんだか照れくさい。

「ありがとう」

うつむき加減に答えると、突然、後ろから聞き覚えのある声が乱入してきた。

「そうやろ、礼子の魅力はわかる奴にはわかんねん」

「……どうしてここに?」

そこには遼が余裕の笑みをたたえて立っていた。

「うちの学生なら誰でも知っている店やし、俺の情報網を使えば簡単なことや」

遼はコーヒーを注文すると、断りも入れずに礼子の隣に座って肩を抱いた。周りからの視線が痛い。やめてほしいけれど、これ以上騒ぎを起こすわけにもいかず、じっと耐えた。

「関口さんと礼子って、付き合ってるんですか？」

「そうや」

夏海に聞かれて、遼はさも当然のように答えたけれど、付き合ってくれと言われた覚えはない。

「違います。付き合ってません」

「じゃあ、礼子は付き合ってもない男とキスしたりするんか？」

遼がわざと大きな声で言ったから、周りの客たちの視線がまた集まる。

「そんなことするわけないでしょ」

「そうやろ。だから俺たちは付き合ってるってことや」

屁理屈（へりくつ）なのはわかっていても、うまく反論できない。夏海まですっかり遼の口車に乗せられてしまっている。

「それならそうと、礼子も言ってくれたらいいのに。関口さんと礼子やったらお似合いやと思うわ。親友の私が言うんやから間違いないよ」

「違うからっ！」

「そう照れるなって」

「照れてません‼」

礼子が肩に乗せられた手を思い切り振り払っても、遼は嫌な顔一つせず、のんきにコーヒーを飲んでいる。

「ところで二人の出会いは？　まだ入学してからそんなに経ってませんよね。礼子、そのところ全然教えてくれないんです」

夏海には合格発表の日にお世話になったとしか言っていない。実際、そのときの記憶がないのだから話しようがないし、自分自身も何があったのか詳しく聞きたい気持ちはある。でも、できれば夏海のいないところで聞きたい。

「出会いねぇ……。合格発表の日にサークルの勧誘で大学に来て、そのときにめっちゃきれいな子を見つけたと思って声かけようとしたら、礼子のほうから急に俺の胸に倒れてきてん」

「礼子ったら、積極的！」

「だから、違うから……」

ただ意識をなくしていただけなのだから、勘違いさせるような言い方をしないでほしい。しかし、まさか倒れた先が遼の胸だとは思わなかった。どうりで身体のどこにも怪我がなかったはずだ。

「これって運命やろ？　で、医務室に運んでお礼をいただいたってわけ」

こんなイケメンに助けてもらったなんてドラマのようだ。けれど、安易に運命とは思えないうえに、とても素直には受け入れられそうにない。

「お礼ってなんですか？　ちょっと礼子、私、聞いてないけど」

「そんなに知りたいって言うならしょうがないなぁ。実はファ……」

「それ以上言ったら訴えますよ」

ファーストキスの相手がこんなイケメンなら、一般的に言えば嬉しいことなのかもしれない。けれど、礼子にとっては記憶にもないファーストキスを、軽々しく人に話されてはたまらない。

「え、〝ファ〟ってなんなんですか？　私だけのけ者ってずるい」

「礼子が恥ずかしがるから俺の口からは言われへんな。二人だけの秘密やし、聞きたかったら礼子から聞いて」

「何が二人だけの秘密ですか。気を失ってたから、私は覚えてないんです」

記憶がないのだから、そのときのことは自分の中でなかったことにできても、今日のことはそうできそうにない。

「もう、関口さんも礼子も二人だけラブラブで、なんかずるい」

「だから、ラブラブじゃないって……」

夏海の発言に気をよくした遼が、美味しそうにコーヒーを一口飲んで足を組み替えた。

そして、もう一度肩に回そうとする遼の手を、礼子は真顔で叩き落とした。

「なんか二人を見てたら、私も彼に会いたくなりました。だから帰ります」

「帰っちゃうの？」

　せっかく遼から逃げるために、講義をサボってまでここに来たのに、まさか夏海に置いて行かれるとは思わなかった。

「だって私がいたら邪魔でしょ。ね、先輩」

「さすがわかってるなぁ。ごちそうさまでした。礼子、また明日」

「やったぁ。ごちそうさまでした。じゃあ、ここは俺のおごり」

　そう言い残して夏海はカフェを出て行った。

　また遼と二人きりになってしまい、礼子の口から小さなため息がこぼれた。

第一章　運命の豪雨

嫌な夢を見た。飛び起きてみると、パジャマは汗でびっしょり濡れていた。あの人の夢を見るのは何年ぶりだろう。いまさらという思いが礼子の胸を締めつける。

「どうした？」

突然飛び起きた礼子に驚いて目を覚ました恋人の柴田久志（しばたひさし）が、眠そうな目をこすりながら起き上がって礼子の髪を優しく触る。

「大丈夫。ちょっと嫌な夢を見ただけ」

「汗びっしょりになってる」

「うん。シャワー浴びてくるね」

まだ起きるには少し早い時間だけれど、もう一度眠る気分にはなれない。礼子は久志をベッドに残してバスルームに向かった。

礼子が遼と別れてもう七年が経とうとしている。それなのに恋人からプロポーズを受けたその夜に、昔の男の夢を見るとはどうかしている。厄介なことが起こらなければいいのにと願いながら、礼子は思い出してしまった記憶をシャワーで洗い流した。

ベッドに戻ると、口を開けて眠っている久志の鼻をつまんでみた。彼は眉間にしわを寄せると寝返りを打って、また寝息を立て始めた。

「一度自分の家に戻るわね」

聞いていないであろう背中に呟（つぶや）くと、礼子は久志の家を出た。もう電車は動いている時間だ。タクシーで帰るか迷ったものの、礼子は気持ちのいい空を見上げながら駅へ向かって歩いた。

早朝の駅のホームは人もまばらで、鳥のさえずりくらいしか聞こえない。最近忙しくて気づかなかったけれど、ホームから見える銀杏（いちょう）の木がほんの少し黄色く色づき始めていた。

さっきシャワーを浴びたばかりなのに、足元から寒さが広がっていく。そろそろコートを出そうかと考えていると、向かいのホームに電車が到着した。

乗客の少ないその電車をぼんやりと眺めていると、車内に見覚えのある人物を見つけて、礼子の視線は釘づけになった。

「遼？」

一歩前に足を踏み出したところで、こちら側のホームに電車が到着した。礼子は急いで電車に乗り込み、向かいの電車を見ようとドアに走り寄った。しかし、ちょうど向かいの電車が走り出し、その人が本当に遼だったのか、確かめることはできなかった。

遼は日本にはいないはず。だから、こんなところでこんな早朝に電車に乗っているはずがない。きっと見間違いだ。そうに決まっている。そう自分に言い聞かせてみるものの、動揺する心はごまかせなかった。

礼子は胸の鼓動を深呼吸して鎮（しず）め、ドアから離れて席に座った。もう少しで、また嫌な記憶がよみがえるところだった。


礼子が遼の強引なアタックに折れたのは、大学に入学して半年が過ぎ、季節が秋に移り変わろうとしていた頃だった。朝いつものように大学に着くと、入り口から見える学食で、優雅にコーヒーを飲みながら礼子を待っている遼の姿が見えた。

遼は礼子に気がつくと嬉しそうに手を振り、そばに行くまで手を振り続ける。スルーしようものなら大きな声で名前を呼ばれるので、仕方なく目の前の席に座るのが日課になっていた。

「おはようございます」

「おはよう。今日は四限まで？」

「そうですけど」

礼子が座るなり、遼が一日の予定を確認する。まるで恋人、いや父親のようだ。

「終わったら一緒に帰ろうな」

今来たばかりなのに、もう帰る話をする遼に思わず笑ってしまう。

「関口さんの講義は？」

「俺は昼で終わり」

「じゃあ先に帰ってください。待ってるの長いですよ」

礼子の講義が終わるまで待っていたら、お昼休みを除いても三時間は待つことになる。

それに待ってもらったところで、これまで礼子がデートらしいことに応じたことは一度もなく、遼は礼子を家まで送っては、自宅に帰っていくだけだった。

「大丈夫、待つのは慣れてるから」

「そうですか」

遼がそう言うのなら、礼子にはこれ以上言えることはない。

周りはとっくに二人が付き合っていると思っているけれど、実は遼が礼子と付き合っていると公言した春から何度告白されても、素直に〝うん〟と言えずにここまで来てしまった。

それでもめげずに遼は、いつも恋人のように礼子を大切に扱ってくれていた。少し強引なところはあるけれど、とても紳士的で、家まで送っても無理に部屋に入ろうとはしない。いつもそばにいて、場合によっては講義のときでさえ隣に座っていることもある。教授たちにもすでに公認になってしまった。

夏海には「これだけ愛されて何が不満なの？」と聞かれるけれど、不満があるわけではなかった。それどころか、一般的なサラリーマンの家庭で育った礼子にとって、端々に見つけられる彼の育ちのよさから高嶺の花のようにしか思えなかったのだ。

遼の周りに集まってくる子たちはみんなきれいで、とても自分に自信が持てないし、もし付き合ったとしても、いつかいなくなると思うと、どうしても一歩を踏み出す勇気が持てなかった。

何も言わずにただうつむいている礼子を心配したのか、遼は礼子の隣に座って肩を抱くと、顔をのぞき込んだ。

「どうした？　俺と離れるのがそんなに寂しいんか？」

「そうじゃないんですけど……」

遼には自分の悩みなどわかるはずもない。

「じゃあ、講義に行ってきます」

「終わったらここでまた待ってるから」

「はい」

手を振る遼に、手を振り返して学食を出た。

いつもの教室で夏海と共に講義を受ける。二時限目が終わると、夏海と一緒に学食に向かい、遼と合流して三人で昼食を食べた。そして、四時限目まで夏海と講義を受けて、一日のノルマを終えた。

「ねぇ、いつも三人でランチしてるけど、夏海は嫌じゃないの?」

「全然。関口さんを見ながらランチなんて美味しさ倍増やん。もしかしてやきもち?

二人だけのほうがいいんやったらそう言ってな。私に遠慮はなしやで」

美味しさは変わらないと思うけれど、夏海が嫌じゃないならそれでいい。

「全然遠慮なんてしてないし、やきもちも妬いたりしません。むしろ一緒にいてくれて助かってます」

「そんなこと言ったら関口さん、かわいそうやで。礼子のことすごく大事にしているのに」

たしかに大事にしてもらっているとは思う。けれど、同じだけ気持ちを返せないから気が引けるのだ。

「この間、関口さんがこっそり言っててん。俺が一緒におられへんときは、礼子に変な虫がつかんように見張っててくれって」

「ウソ!?」

遼と夏海がそんな話をしていたとは知らなかった。礼子は、これまでの学生生活ではたいしてモテた記憶はない。対する遼は、大学で知らない人などいない有名人だ。その遼が恋人だと公言しているうえに、講義の時間以外はずっと礼子のそばを離れない。どう考えても礼子に近づいてくる人などいるはずがない。

「そろそろ関口さんの気持ちに応えてあげてもいいんちゃう？　本当は好きなんやろ」

「どうなんだろ……」

二人で教室を出た。すると遠目に、学食にいる遼が見えた。もちろん何人もの女性に囲まれている。

「じゃあ、私、今日はデートやから帰るわ」

「うん、また明日ね」

夏海を見送ると、一度深呼吸をして気合いを入れた。学食で遼を囲むあの集団に対峙することは、礼子にとってかなり体力と精神力が必要だった。早く気づけと遼に念を送りながら学食に近づく。

想いが通じたのか、遼はすぐに礼子に気づいて手を上げた。不満そうな女性たちに何か言い残して立ち上がると、学食から出てきた。

「お待たせしました」

「お疲れ」

労うように頭をぽんぽんされ、くすぐったい気持ちになる。

「あの人たち、いいんですか?」

とても楽しそうに話していたように見えたから、邪魔をしたのではないかと心配になった。けれど遼は気にする様子もなく、礼子をエスコートして校門を目指して歩きだした。

「気にせんでいいよ。礼子が来るまでって約束やったから」

ただの仲の良い友人だと遼は言うけれど、相手はそう思っていないことが礼子にはわかっていた。

「楽しそうでしたね」

「そうやな。楽しかったで。でも、今から俺たちももっと楽しく過ごすやろ」

皮肉を言ったつもりの礼子だったけれど、遼にそんなものが通じるわけがなかった。

「帰らなくていいんですか? 雨が降りそうですけど」

朝はいい天気だったのに、昼を過ぎた頃から雲行きが怪しくなっていた。空を気にしながら二人で門をくぐり、駅に向かって歩いていく。遠くのほうで雷の音も聞こえ始めた。このまま外にいたら夕立ちに遭うかもしれない。

「いいから、家まで送る。そのために待ってたんやから」

「でも、雨に濡れたら風邪引いちゃいますよ」

待ってもらっていた立場の礼子が言うセリフではないけれど、遼は礼子の乗る北千里行きとは反対の電車に乗らなくてはいけない。礼子を家に送ってから帰っていては、確実に雨に降られるだろう。

それでも遼は「礼子を一人で帰らせるわけないやろ」と、微笑みながら礼子の頭を撫でる。礼子は、遼のほうが心配だと言えないまま、仕方なく北千里行きの阪急電車に乗り込んだ。

南千里の駅で電車を降りてしばらく歩いていると、思っていたよりも早く雨が降り始めた。駅近くのコンビニで傘を買えばよかったと後悔しても遅く、もうずいぶん前に通り過ぎてしまっていた。

「走るから、これ被って」

遼は着ていたジャケットを礼子の頭に被せると、手を引いて走り出した。

「ちょっ」

小粒だった雨は次第に大きな粒へと変わり、遼の頭も肩も濡れていく。マンションのエントランスにたどり着いた頃には、雷の音が近くで鳴り響き、ジャケットを貸してくれた遼の身体はずぶ濡れだった。

「とりあえず部屋に寄ってってください」

いつもどおり礼子を送り届けて帰ろうとする遼を呼び止めた。

「いや、帰るわ」

「そのままじゃ風邪引きますよ。これからまだ雨が強くなってきそうだし。雨宿りくらいしていってください」

自分の気持ちに素直になるなら、これ以上のタイミングは二度と訪れないと思った。礼子の代わりに濡れてしまった遼をこのまま帰すわけにはいかない。礼子は勇気を振り絞って、遼のシャツの袖をつまんで引き寄せた。

「彼氏、なんでしょ？　こういうときは彼女の言うことを聞いてください」

こうでも言わないと、遼は部屋に入らないだろう。本当に好きじゃないのなら、呼び止めずに帰せばいいが、そんな気持ちは微塵(みじん)もなかった。

「わかった」

エレベーターに乗っている間も、袖や裾から水滴が滴(したた)り落ち、身体が冷たくなっていく。

部屋の鍵を開け、「どうぞ」と声をかけると、遼は今まで見たこともないほど嬉しそうな笑顔を見せた。そして、玄関に足を踏み入れると、勢いよく礼子を抱きしめた。

「きゃっ、冷たい」

「あ、ごめん。嬉しかったからつい……」

「タオル取ってきます」

礼子は部屋の奥からバスタオルを持って来て遼に渡す。そして、自分も部屋で着替えを済ませて戻ると、遼はバスタオルを頭に被ったまま床に座って、リビングを珍しそうに見まわしていた。礼子が家族と夏海以外の人を部屋に入れるのは初めてだった。

「じろじろ見るのは禁止です」

「ごめん、なんか礼子らしいなと思って」

遼はちょっと照れたように頭を掻くと、くしゃみをした。きっと身体が冷え切ってしまっているのだろう。礼子は遼に温かいシャワーを浴びるよう勧めた。

でも、すぐにそれはあまりに無防備な発言だったと反省した。

「シャワーを浴びたら何もしない自信がない」

そう言い切る遼に、「じゃあ、もう一枚使ってしっかり拭いてください」と、別のバスタオルを渡すのが精いっぱいだった。

遼が身体を拭いている間に、礼子は温かいコーヒーを淹れてテーブルへ運んだ。

「インスタントですけど、どうぞ」

「ありがとう」

いったん座ったものの、やはり濡れたシャツが気にかかる。

「シャツだけでも乾かしましょうか？」

「そんなに脱がせたいんか？」

「そんなんじゃありません。ほら、風邪引いちゃうからさっさと脱いでください」

遼のペースに合わせていたら埒(らち)が明かない。くすくす笑っている遼からシャツを奪い取って洗面所に駆け込んだ。

小さい頃から弟の裸を見慣れていたから、あまり深く考えずにシャツを受け取ったけれど、遼の背中を見たら急に恥ずかしさが込み上げてきた。洗濯機にシャツを入れると、大きく深呼吸してからリビングに戻った。シャツが乾くまではバスタオルを羽織(はお)ってもらおう。そうすれば裸を見ずに済むはずだ。

「あれ？　案外、男の裸見ても平気やねんな」

「弟がいますから」

「なんや、そうか」

十分動揺しているけれど、どうやら遼には気づかれていないらしい。とはいえ、やはり胸元や腕が見え隠れするたびにドキドキする。

気を紛(まぎ)らわすために、何かできることを探した。

「寒くないですか？」毛布を持って来ようかと思って聞いてみる。

「裸で温め合うほうがいいらしいで」

「雪山で遭難したわけじゃないんですから。毛布持ってきますね」

こんな人、高熱でうなされればいいんだ。からかわれて、少しムッとしつつも、クローゼットから毛布を取り出すと、遼の頭から被せた。

「雨、やまへんな」

「そうですね。このままじゃ帰れませんね」

　雨は激しさを増すばかりか、風も強くなり始めているようで、とても外には出られそうになかった。引き止めないほうがよかったのかもしれない。あのとき帰っていれば、今頃遼は温かいお風呂に入って着替えも済ませていただろう。

　さっき確認した天気予報によると、明日の朝まで降り続くらしい。

「今日は雨に感謝やな」

「え？」

「雨に濡れたおかげで礼子が付き合うのをＯＫしてくれたし、二人きりやし」

「風邪、うつさないでくださいよ」

　平気なふりをしてそうは言ったものの、二人きりという言葉に心拍数が上がる。

　一緒にご飯を食べて、雨がやむまで過ごすだけだ。一生懸命落ち着こうと心の中で自分に言い聞かせるけれど、どうしてもあらぬ方向へ思考が向かってしまう。

「そんなに緊張するなよ」

　マグカップを握りしめる礼子の手に遼がそっと触れた。

「緊張なんて……ぜ、全然してませんから」

　反射的に言い返したけれど、声が裏返ってしまった。かえって緊張していると白状しているようなものだ。

「今日は何もせえへん。……なんて言うと思ったら大間違いやからな。半年も待ったんや」

遼の手に力がこもる。遼の言いぶんはもっともだった。遼にとっては待ちに待ったチャンスで、しかも突然の豪雨のせいとはいえ、部屋に誘ったのは礼子のほうだ。

「安心しろ、優しくするから」

その言葉に小さくうなずいて、うつむいたまま遼の手に手を重ねた。


きっと、あの日と同じ激しい雨のせいだろう。ぼんやり窓の外を眺めているうちに、思い出に浸(ひた)ってしまったらしい。壁の時計に視線を移すと、終業時刻を少し過ぎていた。

「もう帰るんだろ？　俺、車だから送っていこうか」

「本当？　助かる。この雨だから困ってたんだ」

久志は明日取引先に直行するために社用車で帰るという。いつもならこの時間には人もまばらな社内には、まだ突然の豪雨で帰れずにいる人が何人も残っていた。こういうとき恋人が社内にいると助かる。

基本的に公私混同しないのが社内恋愛のルールだけれど、この豪雨は例外にしてもいいだろう。礼子は遠慮することなく久志の申し出を受け入れて、急いでデスクの上を片づけた。

「柴田さん、車なんですか？　私、礼子さんの家に近いんです。一緒に乗せていってくださいよ。礼子さんだけなんてずるいです」

立ち上がった途端に聞こえた甘えるような声に嫌な予感がした。常務の娘で、礼子の後輩の園田由香里（そのだゆかり）だ。小柄な容姿を武器にした可愛い系の服装に、毎朝気合いを入れてセットしていると思われる巻き髪がトレードマークのお嬢様だった。

きっとまだ父親が会社に残っているはずで、送迎の車で一緒に帰ることもできる。けれど、それをせずにわざわざ周りの男へのアピールを怠らない。

みんなが言うことを聞いているのは、常務の娘だからということにまだ気づいてないらしく、女性社員の間では〝痛い子〟と言われている。可愛い子ぶるのは学生時代とともに卒業してきてほしかった。

特に最近のお気に入りは久志らしく、礼子と付き合っていると聞いてから、こうやってあからさまに動き出した。隣の芝生はたいそう青く見えるのだろう。婚約したと伝えたらどうなることかと先が思いやられる。

「常務に連絡したら？　今ならまだいらっしゃるんじゃないの？」

「今、パパとケンカしてるので話したくないんです」

嫌味のつもりで言った礼子に、由香里は拗（す）ねた表情で、そんなバカバカしい言い訳をした。その可愛く膨らませた頬に、どれだけの男が騙されてきたのかと思うと、めまいが起きそうだった。

「いいじゃないか。礼子と家が近いならついでだし」

「柴田さん、優しい」

久志もすぐそうやって彼女の悪だくみを真に受ける。それにしても園田常務の家が近いとは初耳だった。おそらく由香里のウソだろう。けれど、久志がいいと言うのなら、礼子がこれ以上口を挟むわけにもいかない。

仕方なく三人でエレベーターホールへ向かうと、課長と課長代理、それに係長が立っていた。さらに嫌な予感がする。

「君たちも今帰りか？」

「はい。柴田さんが社用車で帰るので送っていただくんです」

真っ先に課長に答えたのは、言うまでもなく由香里だった。

「そうか。すごい雨だからな。こっちも近くの飲み屋で、雨が弱まるまで時間を潰すつもりだよ」

「それなら、課長たちも一緒に乗っていきませんか？　ね、柴田さんいいですよね」

由香里の頭の回転の速さには舌を巻く。礼子をチラリと見てから口を開いたから、何かあるとは思った。勝ち誇った顔が憎らしい。

五人乗りの社用車には、当然運転する久志が乗る。残り四席に課長と課長代理、それに係長が乗ると、あともう一人しか乗れない。どう考えても常務の娘のほうが、優先順位が高い。つまり、礼子は乗れないということだ。

それに課長しか知らないとはいえ、礼子は久志の婚約者だ。身内は後回しの法則にのっとってみても、礼子が譲るという選択肢しかなかった。久志にしても、自家用車ならまだしも、社用車を使うのだから断れるはずがなかった。

久志は「ごめん」と礼子に耳打ちすると、課長に向き直った。

「もちろん、送らせていただきます」

「でも、全員乗れないいんじゃないか?」

礼子と久志の関係を知っている課長が、係長たちに気づかれないように礼子に目配せした。

「私は大丈夫なので、みなさんでどうぞ。ちょっと寄りたい所がありますから」

こんな雨の中、寄りたい所などあるわけがない。だけど久志が板ばさみになるのはかわいそうだし、未来の妻としては上司たちに頼もしく見られてほしかった。

そんな気持ちを察したのだろう。課長は「悪いな」と呟くと、それ以上、何も言わなかった。

エレベーターに乗った五人を見送ると、一人残った礼子はそのまま休憩室に向かってソファに腰を下ろした。無意識にため息がもれる。けれどぼんやりしていても始まらないと思いなおし、どうせなら溜まっている仕事を片づけてしまおうと立ち上がった。

「あれ？　藤尾さん、帰ったんじゃなかったの？」

「そうしようと思ったんですけど……」

オフィスに戻ると、まだ残っていた同期の女性が苦笑いで迎えてくれた。何があったか、だいたい察しがついているらしい。彼女も以前、想いを寄せていた人との仲を由香里に邪魔された過去がある。

「知ってると思うけど、園田さんには気をつけたほうがいいわよ」

「うん、ありがとう」

さっき閉じたばかりのパソコンを開いて、デスクについた。書類が山積みというわけではないけれど、月末が近いせいで仕事が多い。久志が戻ってくるまで待つにはちょうどいいかもしれない。

仕事を片づけていると、少し雨脚が弱まってきた。久志の帰りを待っていることなど知らない人たちが、礼子に労いの言葉をかけて帰っていく。

久志が会社を出てから二時間が経とうとしていた。しかし、スマホにも、まだ久志から連絡はなかった。ずっと運転をしていたら連絡できないのも当然で、もともと久志は上司の前でスマホをいじるような人でもない。四人を送るのにどれくらい時間がかかるのか、礼子には見当もつかなかった。

気づけば、フロアに残っているのは自分だけだった。気持ちが緩んだせいか、急激にお腹が空き始めた。仕事も進んだので、ビルの一階にあるコーヒーショップで久志を待つことにした。疲れた身体には甘めのカフェラテがいい。

帰り支度を済ませ、エレベーターに乗り込む。遅い時間だったので、誰も乗ってこないと思って油断していると、思いがけず一つ下の階で停まった。

最近新しい会社が入居した階だ。少し前に、その会社の社長が引っ越しの挨拶に来たらしい。その人は仕事ができそうな上に、ルックスも抜群だったと、経理部の女性陣が噂していた。

エレベーターのドアが開くと、そこにはたしかに仕事のできそうなイケメンが立っていた。

「礼子」

「遼……どうして……」

その人物を見て礼子は呆然とした。忘れもしないかつての恋人、遼だったからだ。

しばらく会わない間に遼はずいぶん頼もしくなっていて、同僚たちが噂していたのも納得だった。学生の頃のカジュアルな格好もオシャレだったけれど、仕立てのよいスーツ姿もよく似合う。表情は自信に満ち溢れていて、アメリカでたくさんのことを学んできた証しに思えた。

遼は大学卒業後、アメリカに行ったはずだ。数年経ったら帰ってくるとは言っていたけれど、いつ帰国したのだろう。

遼が乗り込み、エレベーターが再び動き出す。

「やっと会えた。探したよ」

「……」

礼子の聞き間違いでなければ、遼は今〝探した〟と口にした。それがどういう意味なのか理解できない。それに七年前とは違い、標準語を話す遼に、二人を隔てた時間の長さを思い知る。その衝撃の大きさに言葉が出てこなかった。

「待っててって約束したのに、電話しても番号は変わってるし、マンションに行ってみたら引っ越してるし……」

学生の頃と変わらない優しい笑みが礼子を見下ろす。でも、その目は笑っていなかった。たとえ他の人は気がつかなくても、遼が怒っていることが、礼子にはすぐわかった。

「私たちは終わったはずでしょ」

少なくとも礼子はそう思っていた。いや、そう思う努力をしてきた。けれど、その言葉が遼の何かを刺激したのだろう。

「終わってるわけないやろ。俺がおらん間に何があった?」

「何もないよ」

　さっきまでと違い、一瞬で七年前に戻ったような関西弁が飛び出した。

　エレベーターが一階に着くと、礼子は遼の横をすり抜け、逃げるように先に降りた。振り返りもせずに、足早にエントランスに向かう礼子の腕を、遼が後ろから掴む。助けを呼びたくても、周囲に人影はなかった。

「ちゃんと話を聞けよ。何があった？　礼子が俺を避ける理由を知りたい」

「理由なんて、いまさらどうでもいいことでしょ。もう終わったの」

　タイミングを計ったように礼子のスマホが鳴った。専用の着信音から、久志からのメールだとすぐわかった。

「ちょっと離して」

　遼の腕を振り払い、カバンからスマホを取り出してメールを開くと、『もうすぐ会社の前に着く』と書かれていた。

「悪いけど、もう行くから。婚約者が迎えに来るの」

「そんなことどうでもいい。今は俺と礼子の話やろ」

　礼子が背中を向けて歩きだそうとすると、痛いほどの力で、遼がまた礼子の腕を掴んだ。これほど怒り狂った遼を見るのは初めてだった。

「どうでもよくないの。お願い離して！　こんなところ見られたら誤解されてしまうわ」

「嫌や、あきらめろ!!」

遼に腕を掴まれたまま、引きずられるようにビルを出た。雨は小降りになっていた。

遼は傘も差さずに、ちょうど走ってきたタクシーを停めた。抵抗していると、対向車線からクラクションが聞こえた。思わず顔を向けると、その車の運転席から驚いた顔の久志が降りてくるところだった。

「おとなしく乗らんかったら、ここでキスするけどそれでもいいか?」

「なっ」

そんな姿を久志に見せられるわけがない。仕方なく遼に押し込まれるようにタクシーに乗ると、久志が渡ってくる前に車は走り出した。

きっと久志は誤解もしくは心配しているに違いない。せめて連絡だけでも入れておきたいのに、遼に手を掴まれたままではそれもできない。

後ろを振り返ると、猛スピードで追いかけてくる久志の社用車が信号に引っかかるのが見えた。そのまま見失ったのだろう。目的地に到着したときには、後をついてくる車はなかった。

「降りろ」

「嫌です。運転手さん、この人だけ降ります」

最後の抵抗を試みるものの、気弱そうな運転手から〝面倒だから降りてくれ〟と訴えるような目で見られ、あきらめた。

「ほら、早く」

「わかったわよ」

仕方なくタクシーを降りると、そこは高級ホテルのエントランスだった。

「誤解するな。今はここに住んでるだけだ」

さっきの興奮が冷めたのか、関西弁は再び封印されていた。きっと会社を引っ越したばかりで、ここを仮の住処(すみか)としているだろう。それでもホテルに連れ込まれることに変わりはない。かといって、さすがに高級ホテルのエントランスで大騒ぎする勇気はなかった。

ベルボーイに迎えられ、遼は慣れた様子で中に入っていく。遼がフロントに立ち寄るのを待ち、またエスコートされてエレベーターホールへ向かった。

エレベーターに乗ってから、さっきのタイミングで遼から逃げられたかもしれないと気づき後悔する。カバンの中では、何度も久志からのメールの着信音が鳴っていた。

「そんなにビクビクするなよ」

「ビクビクなんてしてません」

三十階でエレベーターを降りると、ジュニアスイートに案内された。窓から見える景色が雨に濡れてキラキラと宝石のように輝いている。初めて見る景色は感動的で、思わず「きれい……」と礼子の口から言葉がこぼれた。

「気に入ったか？」

すぐに自分の脇の甘さを反省する。

「景色も堪能したし、帰る」

ドアに向かおうとすると、ネクタイを緩めながらこちらに向かってくる遼に阻まれた。

「やっと会えたのに、そう簡単に帰すわけないやろ」

「もう話すことなんてないよ」

「だから理由を聞かせろよ。俺がアメリカに行ってた間に何があった？」

そんなこと思い出したくもなかった。

礼子が目を背けると、遼は距離を縮めてきて窓際に追い詰めた。顎を掴まれて無理やり顔を上げさせられると、真剣な眼差しが見つめていた。昔のままのその澄んだ目に釘づけになり、視線をそらせない。

忘れようと思っていた記憶が一気によみがえる。


それは、遼の卒業が間近に迫った頃だった。付き合い始めてからほとんど毎日礼子の部屋に入り浸っていた遼が、実家に帰ったきり現れなくなった。大学にも来る必要がないせいか、いつもいる学食にも姿はなかった。

「関口さん、今日も来ないの？」

「わからない。最近メールしても返事がないんだ」

夏海と一緒に講義を受けながら話す。入学以来、初めての平凡な学生生活を送っていた。あれだけべったりそばにいた遼がいないと、静かだけれどなんだか物足りなかった。

気がつくと、無意識に遼を探している自分がいた。

遼と付き合うようになってまだ一年と少し。付き合う前を合わせても、まだ二年も経っていなかった。

礼子はあと二年、学生生活を送るけれど、遼はもう社会人になる。いつまでも学生気分ではいられないだろう。それに新人研修で、いい出会いがあったのかもしれない。

終わりはあっけなくやってくるものだと、ある程度覚悟しているつもりだった。とはいえ、さすがに黙って消えられたのは想定外だった。

「このまま自然消滅なんじゃないかな」

信じたくはないけれど、ないとも言い切れなかった。

「そんなはずないわ。あんなに礼子にべったりやったのに。何か理由があるんちゃう？」

「そうかもしれないけど、連絡がなくちゃ理由もわからないじゃない」

「それはそうやけど」

夏海に心配をかけたくなくて、平気なふりをしていた。でも、一緒に食事をしても食べ残すことが多くなり、目に見えて痩せていくのだから、夏海が放っておくはずもなかった。

バイトに向かう夏海と大学の最寄り駅で別れた。夏海は梅田でバイトをしていて、礼子とは逆方向の電車に乗っていった。礼子も北千里行きの電車に乗って家に帰ると、そのままベッドに横になった。

実は最近体調があまり良くなかった。スケジュール帳に書かれた予定日は、五日も前に過ぎていた。それが遼に会えない気苦労からか、痩せたせいなのかわからない。何より一番考えたくない原因から目を背けたくて、布団を頭から被って目を閉じた。

寝返りを打って壁に額をつけると、ひんやりと冷たくて気持ちがいい。

「本当にもう会えないの？」

壁に向かって呟いた声は、静まり返った部屋に消えていった。

そのままぼんやりしていると、カバンの中のスマホが鳴った。夏海だろうと思ってカバンを引き寄せてディスプレイを見ると、遼の名前が表示されていた。待ちわびた名前に勢いよく飛び起きて、通話ボタンを押した。

「もしもし」

「あ、俺」

どこか頼りなげな遼の声が聞こえた。

「どうしたの？　ずっと連絡ないから心配したんだよ」

「ちょっと時間、いいか？」

「今、どこにいるの？」

電話越しに救急車のサイレンが微かに聞こえる。そして窓の外からも同じ音がする。

ベッドから飛び降りて急いで玄関を出ると、道路に遼の姿を発見した。いつもなら部屋まで来るのに、今日はマンションの前でこちらを見上げている。

「見つかったか」

「私を誰だと思っているのよ」

「俺が選んだ女やもんな」

「当然でしょ」

他愛のない会話をしつつも、すぐそこにいるのに、なぜか遠くに感じられた。顔は見えるのに、スマホ越しに話をすることが耐えられなかった。拒否されないかドキドキしながら、部屋へ上がってくるように勧める。もし別れ話をされるなら、ちゃんと会って聞きたかった。

遼は少しためらっているようだったけれど、「それなら私が降りる」と言うと、観念したのか「今、行く」と言って通話が切れた。

礼子が玄関の前で待っていると、遼がエレベーターから降りて来た。

「お帰り」

「ただいま」

遼は帰ってきてくれた。でも、そこに笑顔はなく、普段と明らかに様子が違った。

遼は部屋に入ると、いつものようにベッドに腰かけた。

「コーヒー飲む？」

「いや、いいわ。ちょっと聞いてほしいねんけど」

キッチンに向かおうとする礼子を、遼が引き止めた。すぐに本題に入ろうとするところをみると、きっと別れ話だろう。久しぶりに会えたと思ったのに、終わりを迎えるのかと思うと胸が痛んだ。

恐る恐る遼のそばに近づく。隣に座る勇気が出なくて、テーブルを挟んで向かい合った。

膝に置いた手が震える。遼に相談したいことがあったのに、そんなことを言い出せる雰囲気ではなかった。それに先に話して、遼の決意を邪魔してしまうのも嫌だった。ただ静かに、遼の言葉を待った。

少しの沈黙の後、遼は一つ息を吐きだすと、ようやく重い口を開いた。

「……俺、就職できなくなった」

「えっ」

　遼が一生懸命努力して、希望の会社から内定を勝ち取ったことを知っている。二人でお祝いをしたときも、心から喜んでいた。それなのに就職できなくなったとは、いったい何が起きたのか見当もつかなかった。

「事件を起こしたとか、仕事につけなくなったとかじゃないから。親父の会社に入ることになった」

「そっか……」

　そういえば、遼から直接聞いたことはなかったけれど、以前に夏海が、遼の父親は会社を経営していると言っていたことを思い出す。たぶん、会えなかった間、遼は両親に説得されていたのだろう。心労からか、目の下にクマができていた。それに少し痩せたような気もする。

　一番悔しいのは遼だと思うと、かけてあげる言葉が見つからなかった。

「それと……アメリカに行ってくる」

「アメリカ?」

「経営の勉強してくるわ。親父の会社は兄貴が継ぐけど、俺も手伝えって」

　遼が言い出しにくそうにしていた理由をようやく理解した。アメリカと日本では、そう簡単に会える距離ではない。きっと遼もずいぶん悩んだのだろう。

遼の将来の邪魔をしたくなかった。引き留めるようなことをして、足手まといになりたくはない。遼の決意が揺らがないように、努めて明るい声で返した。

「すごいね。アメリカで経営の勉強なんて」

「五年、いや三年で帰ってくるから待っててほしい」

「えっ？」

さよならを切り出されるとばかり思っていたから、意外な一言で言葉に詰まってしまった。

「まさか、別れ話やと思ってたん？」

「うん」

「あのなぁ、付き合ってもらうのに半年かかってんで。たった一年ちょっとで別れてたまるか」

呆れ顔をされても、本当にそう思っていたのだから仕方がない。さっき遼に会うまでは、自然消滅すら覚悟していたくらいだ。待っていてほしいと言われるなんて、夢にも思わなかった。

「だって、急に会えなくなったし、メールの返事もなかったから」

「付き合うまでの半年間、俺がずっと送ってたメールに何回返事した？」

「してない、かも」

「〝かも〟じゃないやろ。一回も返ってきてない。それやのにたった何日かで諦めるなよ」

　言われてみればそのとおりだった。一昨年の春、入学してすぐに無理矢理メールアドレスを交換させられた。だけど毎日何通も送られてきた遼からのメールに、付き合うと言った秋まで一度も返事をしたことがなかった。礼子にはたった数日が耐えられなかったのに、半年間なにも言わずに笑顔で耐えた遼のハートの強さを改めて思い知った。

「ごめん……」

「そんな痩せるくらい会いたかったなら、〝会いたい〟とか〝連絡して〟とか、ちゃんと甘えた文を送れよ。いつも元気そうな内容やし、まさか不安になってるなんて思わんかったわ」

「だって、迷惑かけちゃ悪いなって」

　別れようと思っているのに、〝会いたい〟と書いたら、余計に嫌がられるのではないかと思って送れなかった。

「迷惑なわけないやろ。いつも俺のほうはハートマーク付きで送ってんのに」

「言われてみれば、そうだよね……」

　たしかに自分はいいけれど、相手はダメというのはおかしな話だ。少なくとも遼はそんな身勝手ではない。

きっと遼は連絡をしたくても、できなかったのだろう。置かれている状況をメールで説明するには複雑すぎるし、考えも固まらないうちに話して、余計な心配をかけたくなかったに違いない。遼はそういう人だ。

「で、待っててくれるよな?」

「うん」

もちろん礼子に断る理由はなかった。差し出された遼の手を取り、ベッドに腰を下ろす。遼に軽く肩を押されて、そのまま柔らかいスプリングに身を沈めた。視界に映る白い天井が、久しぶりに見る優しい眼差しで遮られる。口づけを交わすだけで期待に身体が震える。

「浮気するなよ」

「そっちこそ」

遼はこれから嫌というほどきれいな女性たちと出会うだろう。身体中に降り注ぐキスの跡も、遠く離れてしまえば、すぐに消えてしまう。

「絶対に待ってろよ。どこに行っても見つけ出すからな」

「わかってるよ」

そんな未来を暗示するようなやりとりをしなければ、〝あんなこと〟にはならなかったのだろうか。強気なセリフを吐くくせに、時折見せる遼の不安そうな表情が礼子には忘れられなかった。

遼がアメリカに旅立って数日が経った頃だった。三年生になった礼子がいつもどおり講義を終えて家に帰ると、マンションのエントランスに着物姿の女性が立っていた。

「藤尾さん？　初めまして、関口遼の母です」

その人は礼子に優しく微笑みかけ、そう名乗った。

母親だと言われても、あまり遼に似ているようには見えなかった。遼とは違う切れ長の目に、薄い唇。結い上げた髪は上品だが、遼を産んだにしては若く見えた。

けれど、本人が母親だと言うのならそうなのだろう。何よりも礼子のことを知っていることが、その証しだ。

理由はわからないけれど、わざわざ訪ねてきたのだから重要な話があるに違いない。このまま立ち話で済ますわけにもいかず、礼子は彼女を部屋へ案内した。緑茶など気の利いたものはないため、とりあえずインスタントコーヒーを淹れる。

「こんなものしかなくて……」

「お構いなく」

遼の母親は笑顔で返したけれど、カップに手をつけることはなかった。

テーブルの向かい側に正座して、緊張しながら彼女が話し始めるのを待つ。すると静かに分厚い茶封筒がテーブルの上に置かれた。封筒を滑らせる指に塗られた、口紅と同じ真っ赤なネイルが目を引いた。

「藤尾さん、これで遼の前から消えてちょうだい」

「は？」

あまりの衝撃に礼子は何を言われているのか、すぐには理解できなかった。冷たく言い放たれた言葉とは正反対の笑顔に、生まれて初めて全身から血の気が引くのを感じた。

「遼さんが、日本に戻ったらあなたと結婚すると言ってるんですけど、うちとしてはそれを許すわけにはいかないんですよ」

遼からは両親とは話がついたと聞いていた。おそらく遼もそう信じているに違いないけれど、現実はそうではなかった。礼子は思わず口ごもった。

「えっと……」

「戸惑うのも仕方がないわね。主人も遼をアメリカに行かせるために、一応了承したふりをしたんだから。でも、わかるでしょ？」

遼を納得して行かせるためにウソをついたということだ。だから遼がアメリカに行っている間に、礼子さえいなくなれば丸く収まる、そう言いたいのだろう。遼がそんなことで納得するとは思えないけれど、両親はそれでうまくいくと思っている。

「それが遼さんのためってことですよね」

「頭のいいかたでよかったわ」

　これで話は終わりだとでも言うように微笑むと、遼の母親は席を立った。きっとテーブルに残された分厚い封筒には、今まで見たこともない金額が入っているのだろう。だけどこれをもらうわけにはいかない。遼のために別れるのは構わない。でも、母親に屈して別れるわけではない。だから、慰謝料も手切れ金も必要ない。

　その一心で、玄関で草履をはこうとしていた遼の母親を追いかけ、その手に封筒を突き返した。

「あなたのお話はよくわかりました。でも、これは受け取れません」

「それでも別れてもらうからね。いいんやね？」

「はい」

　力強くうなずいた礼子に、もう迷いはなかった。礼子の意志を確認した遼の母親は小さく会釈して出て行った。

　ドアに鍵をかけた途端、身体中の力が抜けた。いまさらながら鳥肌が立つ。その場に崩れそうになるのをなんとか堪え、ベッドの上で膝を抱え呟いた。

「遼との約束、守れなくなっちゃった」

　きっと今頃、遼は何も知らずにアメリカで頑張っているのだろう。

「痛っ」

急に痛み出したお腹を押さえて礼子はトイレに駆け込んだ。

こんなタイミングとは皮肉だったけれど、礼子の最大の悩みはどうやら解消されたらしい。万が一、このお腹に赤ちゃんが宿っていたら、一人で産もうと決意しかけたところだった。きっとストレスのせいだったのだろう。失うものなど何もなくなってしまった礼子には、もう前を向いて進む以外に道はなかった。

カバンを手に家を出ると、携帯電話を買い替えるために真っすぐ携帯ショップに向かった。電話番号を変えてしまえば、遼から連絡は取れなくなる。そして新しい携帯電話には、遼の電話番号を登録しない。それが礼子自身の未練を断ち切る方法だった。

まだ学生の礼子には、これが精いっぱいだった。引っ越しもしたかったけれど、手元の貯え(たくわ)では足りなかった。両親に資金を無心するわけにもいかなかった。

礼子は、遼が帰国するまでには引っ越しをすることを決意した。就職先を東京にすれば、必然的にそうなるだろう。卒業して関西を離れてしまえば、遼でもそう簡単に探し出すことはできないはずだ。

翌日、夏海に会うと、礼子の決意に驚いていた。

「本当に関口さんと別れたん？　帰ってくるの待つって言ってたやん」

「いいの。もう決めたから。だから、新しい携帯の番号、誰にも教えないでね」

大学の講義の合間、学食でランチを取りながら、新しい携帯電話を取り出した。夏海は黙っている自信がないと言ったけれど、遼はアメリカにいるのだから、現実的には顔を合わせることもないだろう。それに夏海のことは信用している。なんだかんだ言っても、黙っていてくれるはずだ。

「引っ越し代だけでも、もらっておけばよかったかな」

「ほんまや、返すなんてもったいない。私やったらそれでパーッと遊ぶのに」

気持ちが吹っ切れたせいか、そんな冗談さえ交わせるようになった。

「そうや！　卒業するまで新しい部屋借りて、ルームシェアしようよ。それやったら私の親も許してくれると思うし。うちの両親、礼子のことをめっちゃ信頼してるから。家賃も半分で済むやん」

「それもいいね」

それなら引っ越しも、思ったより早くできるかもしれない。残り二年の学生生活を一人で寂しく暮らすより、夏海と一緒のほうが楽しく過ごせるだろう。

第二章　終わりの始まり

「なんだよ、その理由……」

すべて話さないなら身体に聞く、そう言われて仕方なく礼子は、七年前に遼の前から消えた、事の顚末を話した。

「俺じゃなくて、あいつの言うことを聞くなんてどうかしてる」

遼は吐き捨てるように言うけれど、礼子だって好きで別れようと思ったわけではない。

だが、遼の両親に疎まれたまま付き合い続けるわけにはいかなかった。

それにまだあの頃の二人は若すぎて、遼だって環境が変われば、気持ちが変わらない保証はなかった。だから礼子は自分の道を歩むことに決めたのだ。遼のことは忘れて、新しい人生を新しい人たちと生きていく、と。

「あいつって、遼のお母さんでしょ？」

「子供の頃に、俺を産んだ実の母親は死んだ。それに今は親父の会社からも独立した。

もう親の言いなりになる必要なんかない」

それで遼から母親の話を聞いたことがなかったことも、顔つきが似ていなかったことも納得した。そういえば、遼のことを〝遼さん〟と、どこか他人行儀な呼び方をしていたことを思い出す。

でも、あの女性が本当の母親であろうとなかろうと、遼がどこで働いていようと、今となってはどうでもいいことだ。すでに礼子には久志という婚約者がいるのだ。

それでも遼は七年も連絡を取り合っていなかったというのに、別れていないの一点張りで納得してくれない。礼子の結婚についてもだ。

もちろん、礼子の結婚に遼の承諾は必要ない。ただ、あきらめの悪い遼がこのままおとなしく引き下がるとも思えなかった。

「お願いだから私のことは忘れて」

「嫌や。俺が今までどんな思いで探したと思ってんねん」

「そんなの知らない。私はもう忘れたいの」

「それって、まだ忘れてないってことやろ」

つい本心を口走ってしまった。してやったりな表情の遼に、また昔の記憶がよみがえる。壁に追い込まれて逃げることもできず、目をそらすことも許されない。

「私だって、遼を待ちたかった。でも無理だったの」

「今からでも遅くない。誤解は解けたやろ」

「もう無理よ」

「無理かどうか、試してみたらわかる」

脚の間に膝をねじ込まれ、どんどん遼の顔が近づいてくる。

「やめて」

顔を背けると、首筋を温かい舌が滑る。こうやって遼はいつも礼子をもてあそぶ。あの頃から変わらない。負けず嫌いで、絶対に意見を曲げない。真っすぐな性格で、どんな困難にも立ち向かう。そんな遼が好きだった。

ずっと忘れられなくて、やっと気持ちを切り替えて新しい恋ができるようになったのに、今このタイミングで現れるというのは酷すぎる。

床に落としたカバンの中からまた着信音が響く。

「彼が心配してるから、離し……」

振り払おうとしても、さらに腕に力を込められて逃げられない。今度は背ける前に唇を塞がれて、抗う力すら奪われる。

何も考えられないまま、自然に涙が頬を伝った。このまま遼を受け入れることができたら、どれだけ幸せだろう。初めて愛した人とまた一緒にいられる。しかし、もう一度鳴り響いた着信音が現実に引き戻した。

力いっぱい遼を押し返し、手の甲で唇を拭う。

「さよなら」

「礼子」

カバンを拾い、逃げるように部屋を出た。涙で化粧が崩れて、きっと顔はボロボロだろう。うつむいたまま小走りでロビーを過ぎると、エントランスに停まっていたタクシーに乗り込んだ。行き先を告げ、急いでスマホを確認すると、久志からのメールと電話の着信がずらりと並んでいた。

どう返事をするか悩んだけれど、「昔の知り合いに偶然会った」とメールして電源を落とした。今は誰とも話したくなかった。

マンションの前でタクシーを降りると、エントランスに人影があった。一瞬遼に先回りされたのかと驚いて顔を伏せたけれど、彼が礼子の自宅を知っているわけがない。

「礼子」と、呼ぶ声に顔を上げると久志だった。

「大丈夫か?」

駆け寄る久志に思わず背を向けた。

「大丈夫よ。心配しないで」

不可抗力とはいえ、久志を裏切ったことに変わりはない。唇や腕に遼の感触が残っていて、まともに久志の顔を見ることができない。

遼と密着していたから、彼の香水の香りが移ったのだろう。普段香水を変えても、めったに久志が気づくことはないのに、こんなときだけ鼻が利くとは皮肉なものだ。

いろいろな意味で久志が心配しているのがわかるけれど、今の礼子にはその気持ちに応える余裕はなかった。

「ごめん、ちょっと疲れちゃった」

久志を置き去りにしたまま、オートロックの扉を通った。

エレベーターで六階に上がり、部屋に入ると、服のままバスルームに駆け込んだ。勢いよくシャワーを頭から浴び、すべて洗い流してしまいたかった。遼の香りも掴まれた腕の感触も、できることなら抱きしめられた記憶ごと消してしまいたかった。

目を閉じても浮かんでくるのは、遼の真剣な眼差しと耳に残る声。そして、礼子の身体を知り尽くしている指先と、なつかしい香水の香りだった。そのすべてが身体の奥から、あの頃の記憶を呼び起こそうとする。

頭を振って、懸命に遼の記憶を振り払う。すると今度は、心配そうな久志の顔が浮かんだ。

プロポーズされ、久志と結婚すると決めたのは自分だった。

これから二人で式場を選んだり、ドレスを選んだり、楽しいことがたくさん待っている。それなのに、その相手が久志であることに現実味がわいてこなかった。まぶたに映るウェディングドレスを着た礼子の横には、黒い影しか想像できなかった。

遼との結婚を夢見ていたのは遠い過去の話だ。久しぶりに遼に会ってしまったから動揺しているだけなのだと、頭からシャワーを浴びながら、何度も自分に言い聞かせる。

実際、久志にプロポーズされたときは心から嬉しかった。彼とならば幸せになれると思ったから受けたのだ。迷うなんて自分らしくない。もう後戻りはできない。

「どうしてこんなときに戻ってくるのよ」

頭では理解しているのに、心がついていかない。シャワーでごまかしながら肩を震わせて泣いた。今日だけはたくさん泣いて、明日になったら気持ちを切り替えよう。きっと大丈夫。この七年そうやって生きてきたのだから……。

涙も枯れ果てるほど泣いて、ようやく深夜になって心の整理がついた。


翌日何事もなかったように出社すると、久志は得意先に直行していて不在だった。覚悟してきたつもりでいたけれど、朝から顔を合わさずに済んだことに安堵している自分に気づいて苦笑した。

久志が戻ってきたのは昼過ぎだった。カバンを置きもせず、礼子のデスクに真っすぐやってきた。

「礼子、大丈夫か?」

「うん、昨日はごめんね」

笑顔を作って久志を見上げた。朝、少し早く起きて、目元を冷やしてきたから、それほど腫(は)れていない。泣き明かしたとは気がつかれない程度に落ち着いていた。それに反して、久志のほうは寝不足なのかクマが目立っていた。もしかしたら、遅くまで礼子からの連絡を待っていたのかもしれない。

久志は責めるようなことはせず、礼子から話し出すのをじっと待っているようだった。

優しい人だけれど、気持ちをぶつけ合うことが苦手で、怒ったところを見たことがない。でも今は〝あいつは誰なんだ?〟〝何があったんだ?〟と、問い詰めてほしかった。そうでなければ、罪悪感が膨らむばかりでいたたまれなかった。

「一つ下の階に入った会社に大学の先輩がいたの。昨日エレベーターで偶然会って、久しぶりに付き合えって言われちゃって」

「でも、帰ってきたとき、泣いてただろ?」

泣いてないとごまかせば、余計に疑われてしまうだけだ。

「うん、ちょっと。キツイ人だからいろいろ腹が立っちゃって。でももう大丈夫。心配しないで」

「それならいいけど」

完全に納得したわけではないだろう。でも、久志は「無理はするなよ」と優しく声をかけると、自分のデスクに戻ろうとした。そのとき、誰かが久志の背後から腕を絡ませた。

「柴田さん、昨日はありがとうございました。柴田さんに送っていただいたおかげで、雨に濡れずに済みました」

ランチから戻った由香里が久志を見つけて駆け寄ってきたのだ。周囲の目など気にもしないで久志の腕に絡みつく様子にはさすがに感心する。しかも礼子の存在など見えていないらしい。

「いや、たいしたことじゃ……」

実際には、課長たち上司三人も一緒に乗車していたにもかかわらず、まるで自分だけが特別扱いされたように振る舞う。これが彼女の常套手段だ。

ここは久志が毅然とした態度を取れば済む話だけれど、それができないのが久志という男なのだ。

「今日ってお暇ですか？　昨日のお礼をさせてもらいたいなって思うんですけど」

「お礼されるほどのことじゃないから」

「いいじゃないですか、美味しいイタリアンのお店があるんです。行きましょうよ」

公に宣言しているわけではないが、礼子と久志が付き合っていることを知っていて、堂々と目の前でデートに誘う神経を疑う。

かといって、ここで騒ぎ立てるわけにもいかない。引きつりそうな笑顔を浮かべて、久志がどんな反応をするのか見ているしかできないことが辛い。

「いや、俺、イタリアンとかよくわからないから」

「じゃあ、和食のほうがいいですか？　やっぱり日本人は和食ですよね。私、肉じゃが得意なんですよ。柴田さんのお部屋で作ります」

「それはちょっと……遠慮しておくよ」

今どき、得意料理が肉じゃがというのは、恋愛マニュアルにも載っていない気がする。そのルックスならフリルのエプロンは似合っても、とても料理が上手だとは思えない。

子供の頃から母親の手伝いをして、大学入学と同時に自炊している自分が負けるとは考えられなかった。事実、味にうるさいあの遼が絶賛するレシピもあって……というところまで考えて、礼子は我に返った。

今、遼は関係ない。そんな記憶は何年も忘れていたはずなのに、昨日久しぶりに会ったせいで、思考が乱されているようだった。

久志が助けを求めるように礼子に視線を向ける。でもここで、久志はニンジンが嫌いだからなどと、口を挟めるわけがなかった。

肉じゃがであろうが、カレーであろうが、久志は誰が何を作っても、ニンジンを食べることはできない。形にしても、ハートに切ろうが、星型に切ろうが関係なかった。料理を残されて由香里が怒る姿を見たい気もするけれど、久志のことを思えば、そんな未来が来ないことを願う。うまく傷つけないように、自分で断ってもらうしかない。

いい加減、自分の席に戻ってくれないかと思い始めたところで、ちょうど昼休みが終わった。雰囲気で察したのだろう。課長がこれ見よがしに咳払いをしてくれたおかげで、由香里は渋々自分の席に戻っていった。ようやく静かになったデスクで、礼子は気を利かせてくれた課長にこっそりお礼の会釈をした。

由香里に問題があるのはわかっているけれど、彼女のアプローチがエスカレートしているのは、はっきり断れない久志のせいでもある。そういえば遼は、後輩たちや女の子のあしらい方も上手だった。それに食べ物に好き嫌いもなかったし、お洒落で美味しい店をよく知っていた。だから休日のデートではいろいろなものを食べに行くのが楽しかった。今思えば、贅沢（ぜいたく）な学生生活だったと思う。

そこでまた、ふと思い出に浸っている自分に気づいて、遼を頭の中から追い払う。婚約者は久志で、遼は過去の人だ。そう何度か心の中で呟いて、自分に言い聞かせる。そして深呼吸をすると、仕事を再開した。今は恋よりも仕事の時間だ。

そこからは誰にも邪魔されることなく、仕事に集中した。珍しく電話もかかってこなかったため、予定以上にはかどった。

終業時刻の少し前に化粧室に行こうと席を立った。化粧室に着くと、鏡の前でメイク直しをしながら話に花を咲かせている経理部の三人組に遭遇した。

礼子より少し年上のお姉さまたちは、終業時刻までまだ少し時間があるというのに、帰り支度に余念がない。これから合コンにでも向かうのだろうか。少しファンデーションを塗りすぎだと思いつつ、礼子はお疲れさまですとだけ声をかけて後ろを通り過ぎた。

彼女たちは話に夢中なのか、礼子に気づいていない様子で、個室にいても彼女たちの楽しそうな声が聞こえる。聞き耳を立てるわけではないけれど、嫌でも会話が耳に入ってきた。

新たに一つ下の階に入った会社の社長がアメリカ帰りのイケメンでモデルのようだとか、会社が業界で注目を集めているとか、そんなことを興奮気味に話している。しかも、出身大学から父親の会社のことまで調べがついているとは恐れ入る。彼女たちの情報収集能力は単なる噂の域を超えていた。

しかも、一度話をしただけらしいのだが、合コンのセッティングまでしたという。経理部に置いておくには惜しいくらいだ。

しかし、そんな風に思えたのもそこまでだった。三人で盛り上がっているうちの一人が放った一言で、礼子は個室を開けようとした手を止めた。どうやら遼は合コンに応じる代わりに、礼子を連れてくるように要求したらしい。昨日礼子と会う前の話だろうから、礼子に会うために考えた策に違いない。

　個室から出るタイミングが見つからないまま五分が経過したころ、さっきまで盛り上がっていた会話が急に止まった。化粧室を出たのかと思ったけれど、微かに声が聞こえる。きっと、さっき礼子が彼女たちの後ろを通り、個室に入ったことを思い出したのだろう。ますます出られなくなってしまった。

　足音が近づいてきたかと思うと、礼子のいる個室のドアがノックされた。もう逃げ場はない。

「藤尾さん、いるんでしょ？」

「ちょっと出てきてよ」

　このまま無視したところで彼女たちがあきらめるはずがない。礼子は渋々ドアを開けた。

「お疲れさまです」

「ほら、やっぱり藤尾さんだった。ちょっと聞きたいことがあるの」

　三人の中でリーダー格の人が礼子に話し始めた。ほかの二人は一歩下がって、興味津々な様子で聞いている。

「その前に手を洗っても……」

「ええ、どうぞ」

手を洗いながらこっそりのぞいた腕時計は、あと五分で終業時刻を迎えようとしていた。

「ねぇ、一つ下の階に入った会社、知ってるわよね」

「えぇ、まぁ」

「そこの社長が藤尾さんを合コンに誘ってくれって言っているんだけど、どういう関係なの？」

どんな風に質問されるのかと思っていたら、想像以上にストレートで驚いた。遠慮していたら、普段からあれだけの情報量は入手できないだろう。

「関係って言われても……。大学の先輩なだけです」

「それだけ？」

「それだけです。なので、できれば合コンは遠慮したいな、なんて……」

「そのほうが私たちは嬉しいけど、どうして？　いい男じゃない」

たしかにいい男だとは思うけれど、遼とはもう終わったのだ。彼女たちにそこまで説明する必要はない。

「私、結婚するんです。だから、合コンに行ける立場じゃないんです」

「そうなの？　いつ？　寿退社しちゃうの？」

「まだ婚約したばかりなので、細かいことは決まってないんですけど」

「そう。とりあえず、おめでとう。例の同じ部署の彼よね」

同じ部署内でもほとんどの人が知らない情報なのに、どうして知っているのか気になるけれど怖くて聞けない。それに久志との結婚はみんなの嫉妬の対象外だということもわかった。

興味を失ったのか、彼女たちはそれ以上掘り下げて遼のことを聞くことはなかった。またいらぬ詮索をされる前に、まだ井戸端会議を続ける様子の三人を残して、急いで自分のデスクに戻った。

すでに終業時刻を過ぎていた。金曜日、早く帰る人が多い中、礼子は残業組の一人だった。仕事を再開した途端に、水を差す人物が現れた。

「藤尾さん、もしかして今日は経理の人たちと合コンですか？　いいなぁ、私なんて若すぎるって呼んでもらえないんですよ」

由香里の登場に、一気にテンションが下がる。〝若いです〟アピールに嫌気がさしつつも、腹を立てたら由香里の思うつぼということはわかっている。それに、どう足掻いたところでアラサーという事実は変えられない。

「経理の人たちは本当に合コンみたいだけど、残念ながら私はこれから残業なの」

「そうなんですか、残念。これから柴田さんとご飯に行くんですけど、藤尾さんもどうかなって。でも、残業じゃ無理には誘えませんよね」

付き合っていることを知っていて、久志を食事に誘うだけでも非常識なのに、残業があることをわかったうえで、そんな話をするとは挑発的なのにも程がある。

「手料理作るんじゃなかったの？」

「やっぱりそのほうがいいですよね。もう一回言ってみます」

どうせたいした料理は作れないだろうと、嫌味を言ったつもりが、スキップでもしそうな勢いで久志のもとへ飛んで行ってしまった。

しかし久志もバカではない。そう簡単に由香里を家に招いたりはしないだろう。そう自分に言い聞かせて、気持ちを落ち着けた。

「まだ終わらないの？」

しばらくすると、久志が礼子のデスクにやってきた。どうやら由香里への対応に困っているらしい。久志はそれほど女性の扱いに長けているほうではない。硬派な一面も持っているせいか、恋人以外の女性と食事に行くことにためらいがあるのだろう。

できれば一緒に行きたいけれど、礼子にはまだやらなければならない仕事が残っていた。

「うん。課長に頼まれた仕事があるから」

「じゃあ、俺一人で彼女の相手をしなきゃならないのか……」

久志のがっかりした表情を見ると、罪悪感がわき上がる。その反面、はっきり断らない久志が悪いと言いたくもなる。相手が常務の娘だからと遠慮する必要などない。

「いやなら断ればいいのに。断れないなら外で食事くらい付き合ってあげれば？　お礼なんでしょ。外なら迫られる心配も少ないんじゃない？」

提案できることは、これくらいしかなかった。酒に弱い久志のことだ、家に入れたら酔った勢いで既成事実を作られるかもしれない。由香里ならそれくらい計算しているだろう。だからこそ、二人で食事をするなら人の多い場所でなければならない。

「他人事みたいに……。やきもち妬いたりしないの？」

「信じてるから。一応終わったら電話する」

「わかった。無理するなよ」

本心も知らないで、久志はただ〝信じている〟という言葉に満足したのだろう。一瞬だけ指を絡めて自分のデスクに戻り、カバンを持って出て行った。それを追いかける由香里が視界の端に映った。

「いいの？　あの子、結構本気みたいだけど」

「信じてますから」

礼子がこの会社に入社したときからお世話になっている先輩の石川麻美（いしかわあさみ）が、心配そうに声をかけてくれた。

相手を落とすまでを楽しんでいるだけで、由香里が本気だとはとても思えなかった。

化粧室で同期の子たちと、そんな話をしているところに何度か遭遇したことがある。自他ともに認める小悪魔なのだ。久志を落とされては困るけれど、そこは彼を信じるしかない。

「言うじゃない。結婚が決まった女は強いわね」

「それ、まだ内緒ですから」

「そうだった。じゃあ、私は帰るわ」

帰っていく麻美を見送り、自分の仕事に戻る。あと一時間もあれば終わるだろう。

しかし、思っていた以上に修正しなければならない箇所があって、気がつけば三時間以上経過していた。それもこれも、渡された書類にわざとかと思うような初歩的なミスが多かったせいだ。書類の作成者名は園田由香里。月曜日の朝一番に必要なのに、本人に突き返すと間に合わないという理由で、課長から礼子の手元に回ってきたものだった。もちろん、常務の娘に強く言えないという事情もある。

気がつくと、周りには礼子に仕事を振った課長以外誰もいなかった。先に帰らずに残っているところは感謝するけれど、それなら手伝ってほしかった。金曜日のこんな時間まで仕事というのはナンセンスだと思う。本当なら今頃は久志と二人で素敵な時間を過ごしているはずだった。

ようやく仕上げた書類を揃え、課長のデスクに届けた。

「課長、終わりました。チェックお願いします」

　課長に確認してもらう間、久志から連絡が入っていないか、スマホを確認する。着信もメールもないところをみると、まだ外かもしれない。こちらから電話をかけてみたけれど、何回かコール音がした後、留守番電話になってしまった。

　いつ折り返しの電話がくるかわからないから、会社で待つわけにもいかない。仕事が終わって、今から家に帰ることをメールした。

「問題ないようだな。お疲れさま。二日続けて悪かったな。お詫びに一杯と言いたいところだけど、柴田が待ってるだろうから、気をつけて帰れよ」

「ありがとうございます。課長も早く帰らないと、奥さんに叱られますよ」

　会釈して、オフィスを出た。エレベーターに乗りながら、昨日、遼に会ってしまったことを思い出す。今日は一つ下の階で停まることなく、無事一階に到着した。

　ビルを出て、駅へ向かおうとしたときだった。

「遅いな」

　聞き慣れた声にあたりを見回すと、遼が歩道の手すりにもたれて立っていた。

「残業だったの。遼こそこんなところで何してるの？」

「待ってた」

　いつから待っていたのかはわからないけれど、待ち疲れたという風に首を回しながら近寄ってくる。

「約束した覚えはないわよ」

　遼のペースに流されたら、またタクシーに乗せられるかもしれない。そんなことにならないように、駅に向かって歩き始めた。

「彼氏、可愛い子と一緒に帰って行ったけど……」

　久志が帰ったのは三時間以上前なのに、もしかして本当にずっと待っていたのだろうか。驚いて足を止めると、左の口角を上げてほくそ笑む遼と目が合った。勝機が見えたときの顔だ。大学に入りたての頃、こんな風に翻弄(ほんろう)されていたことを思い出す。

「やっぱりな」

「何よ?」

「昨日、チラッと見ただけやったから、人違いかもって思いながら言ってみたんやけど、やっぱり合ってた。俺って記憶力いいみたいやな」

　いまさらだ。遼の記憶力の良さは言われなくても知っている。

「でも、残念でした。二人が一緒なことは、私も知ってるの。何も問題ないわ」

「へぇ、運転手付きの高級車に乗って行ったけど、それも知ってるんか?」

　二人で食事に行っただけのはずなのに、運転手付きとはどういうことだろう。まさか常務も同席? さすがに、それはないと思うものの動揺を隠せない。さっきから連絡が取れないことも不安になってきた。

「何か知ってるの？」

「礼子のいいところなら知ってるけど、あの二人に興味ないからな」

　はぐらかしているけれど、きっと何か知っているはず。礼子の髪に指を絡ませ、遼はその毛先に口づけた。

「やめて。人に見られたら困るの」

　遼の手を思い切り払いのける。

「見られてなかったらいいんか？」

「そういう問題じゃないでしょ」

　これ以上付き合ってはいられないと思い、礼子が駅へ向かって足を進めようとすると、腕を掴まれた。ここが会社の前であることが懸念される。大騒ぎして、目立つのは避けたかった。

「食事くらい、いいやろ」

「食べたくないの」

「あいつはもう食い終わってるかもしらんけどな。いや、食われているほうか」

「どういう意味よ？」

　まさか久志がいる場所を知っているとでもいうのだろうか。〝食われているほう〟って……。想像するだけでめまいがする。

いずれにしても、遼の自信に満ちた表情からすると、何か知っているのは間違いないようだ。

「とりあえず車に乗れよ。ここで話してたら、誰かに見られるやろ。月曜に会社で噂になりたいんなら別やけど」

それは困る。詳しく聞きたいところだけれど、車には乗りたくない。それに、久志を信じたい。

「聞きたいことは直接彼に聞くから、話はこれで終わり。帰るから離して」

「相変わらず強情やな。まだ俺の話は終わってない」

遼が礼子を引き寄せる。相変わらず強情なのは遼のほうだ。

「離して！」

「車に乗ったら離したるわ。それともここでしてほしいんか？」

顎を取られて、瞳をのぞき込まれる。昨日、唇を重ねられた記憶がよみがえる。シャワーを浴びただけでは消すことができなかった感触……。

いい子だと頭を撫でられても全然嬉しくない。しかし、これ以上逆らっても勝ち目はないのはわかっていた。会社の前で修羅場を演じるわけにもいかず、近くに停めてあった彼の車に乗り込んだ。

国産では最高級の黒いセダン。今まで経験したことのない座り心地に戸惑う。それにしても、どこに向かっているのだろう。

「とりあえず夕食にしよう。まだ、あいつらもおるかもしらんし」

それは食事に行く場所に久志がいるということだ。

久志が今、どうしているか知りたい。酔わされて、由香里の思惑どおりになっていないか不安で仕方がない。それでも偵察のような真似には抵抗がある。まるで久志を信用していないようで嫌だった。それに遼と一緒にいるところを久志に見られるのも困る。それこそ、由香里の思うつぼだ。

「でも……」

「なんや、二人きりがいいんやったら、やっぱり俺の部屋にするか？」

「そうじゃなくて、彼を疑っているみたいで嫌なの」

「別の店にしても俺は構わへんけど、彼女を止めんでいいんか？」

「どういう意味？」

「あのお嬢さんに店を紹介したのは俺。リクエストは美味くて、個室で、誰にも邪魔されへんところ」

個室で誰にも邪魔されないところを選ぶ理由を思い浮かべた。嫌な予感しかしない。

「園田さんに近づいて、何を企(たくら)んでるの」

「彼女の父親、俺たちと同じ大学の先輩やって知らんのか? 後輩として挨拶に行ったとき、たまたま彼女に会って連絡先を聞かれてん。親父さんの手前断られへんかったから交換しただけや。お互いに利害が一致してるから、都合がいいかなとは思ったけどな」

遼が自分の会社のために大学のツテを使うのは不自然なことではない。礼子も就職活動のときに読んだ資料で、園田常務が同じ大学の卒業生だということは知っていた。ただ、一社員の礼子が普段常務に会う機会はないし、ましてや話をしたことなどなかった。

「〝利害が一致〟って……」

「彼女、礼子の彼氏が欲しいみたいやから、一致してるやろ」

最近、由香里がやけに積極的なわけがわかった気がした。遼がどれほど入れ知恵しているのか、想像できるだけに頭が痛い。それ以上に不安で胸が締めつけられるようだ。

「だけど、どうしてそれを私にバラすのよ?」

「さぁ、なんでかな。そんなことどうでもいいやろ。今は彼氏の心配したほうがいいんちゃうか? 電話、出えへんねんやろ?」

礼子を陥れたいのか、それとも助けたいのか、遼の狙いがわからない。

「電話に気がつかないだけよ」

「それやったらいいけどな。行ってみればわかるやろ」

〝違う〟と言いたげな、意味深な言い方が気になる。

しばらくすると車は住宅街に入り、隠れ家的なレストランの正面の駐車場に停車した。シートベルトを外していると、後を追うようにレストランの入り口近くにタクシーが停まった。

運転手は車を降りると、店のドアを開けて中をのぞいた。どうやら客の迎えのようだ。礼子たちが車を降りると、ちょうど店内から人が出てきた。

「私が誘ったのにごちそうになってすみません。今度は柴田さんのお部屋で手料理作らせてくださいね」

「いや、いいんだ」

久志と由香里だった。遼の腕を取って、車の陰に隠れる。

遼が勝ち誇ったように言う。

「ほら二人、お似合いやろ」

「気のせいよ。ただ食事をしていただけの同僚にしか見えない」

ただの強がりだった。由香里の腕はしっかりと久志に絡みついているし、久志も嫌そうな素振(そぶ)りを見せていない。

でも、久志はあからさまに拒絶できるような性格ではない。由香里が一方的に猛アタックを仕掛けているだけで、久志の気持ちは揺らいでいないと信じるしかなかった。それにすべてを知っていて送り出したのは礼子自身なのだ。

「同僚のままで終わればいいけどな」

「そうに決まってる。きっと帰ったら私のメールに気がついて返事が来るはずよ」

タクシーに乗り込む二人を駐車場から見送った。

「久志から連絡があると思うから、私、帰るわ」

「は⁉ ここまで来て何も食べずに帰るつもりか?」

「私にあの二人を見せたかっただけでしょ。もう見たから終了」

食欲など微塵もなくなってしまった。これ以上、遼といる理由はない。もちろん遼に送ってもらおうなどとも思っていない。少し歩いて大きな通りに出れば、タクシーの一台くらい捕まるだろう。

「あいつらなんかどうでもいい。俺は礼子といられたらそれでいいって言ってるやろ」

そんな言葉を熱のこもった目で優しく言われたら、封印した記憶の扉が開きそうになる。

振り切るように礼子が背中を向けて歩きだそうとすると、遼が背後から抱きしめた。背中に伝わる温かさが、拒むことが間違っているように思わせる。

「昨日作ったカレーがまだあるの。早く食べなきゃ」

本当はもう小分けにして冷凍庫にしまってあるから心配ないのだけれど、適当な言い訳がほかに浮かばなかった。

「じゃあ、俺もそれでいい。礼子の部屋でカレーも悪くない。相変わらず隠し味はチョコレート？」

「一人ぶんしかないの。それに私が恋人以外の人を部屋に入れたりしないって知ってるでしょ」

「知ってるよ。だけど、俺以上に礼子が心を許した男なんていてないやろ」

たしかにそうだけれど、認めるわけにはいかない。遼を除けば、久志が一番信頼できる人であるのは本当だ。だからこそプロポーズを受けた。そう簡単に覆らない。

「送ってくれなくていいから、この手を離して」

強く言えなくて、声が震える。本当に離してほしいのか、自分でもわからなかった。

「本当に変わらへんな。そういう礼子も好きやけど、もうちょっと素直になってもいいんちゃうか？　ベッドの中みたいに」

周りには誰もいないのに、わざと礼子の耳元で囁く。その甘い吐息と柔らかな声に身体が震え、あの頃の記憶がフラッシュバックして体温が上昇する。

「やめてよ」

必死で記憶を振り払おうとしても、そう簡単には消えてくれない。

「わかった。待つのには慣れているから、もうちょっと気長にいくことにするわ。今日は礼子が俺とのことを覚えてるってことがわかったからそれでいい」

「もう忘れたわ。さよなら」

認めざるを得ないけれど、そう言わずにはいられない。心と身体の記憶は理性では消し去れない。遼はそんな礼子のことをすべてわかっている。

唇をかんで涙を堪える。それでもなお、一人で帰ろうとする礼子を遼は意地を張るなと引き留めて優しく諭す。

「安心しろ、気長に待つって言ってるやろ。今日はもう指一本触れへん」

昔から遼は強引だけれど、ウソをつくような人ではない。ここがどこかもよくわからないし、遼の言葉を信じて車に乗り込んだ。

「せっかくここまで来て、店に入らんと帰ることになるとは思わんかった」

遼が本当にここで食事をしようと思っていたかはわからないけれど。礼子をずっと待っていたのならお腹もすいているだろう。礼子が「一人で食べていけばいいのに」と呟くと、遼は「礼子が一緒でなければ意味がない」と言って車を発進させた。

今来た道を戻る。会社の近くで信号に捕まったので、車を降りようとした。しかし、遼はドアのロックを解除してくれず、じたばたしているうちに信号が変わってしまった。

遼は家まで送っていくつもりなのだろうか。けれど、一度家の場所を教えてしまったら、毎日のように訪ねてくるだろう。久志と鉢合(はちあ)わせでもしたら修羅場になる。

そんな礼子の心中を察したのか、遼は運転しながら微かに笑っている。

「今すぐ家に押しかけるわけないやろ。ちゃんと礼子を振り向かせるつもりやから心配するな。強行突破するつもりやったら、もうやってる」

これ以上議論はしたくない。けれど、そう話している間に、車は会社の前を通り過ぎてしまった。

「お願い、そこの駅で降ろして」

「せめて自宅の最寄り駅まで送る。家の前じゃなきゃいいやろ？　心配やねん」

そうやって真顔で言われると、断れなくなってしまう。あの頃もそうだった。強引だけれど、すごく大切にしてくれた。

「わかった。最寄り駅までお願いします」

本当は駅も教えたくないところだけれど、遼が引き下がるとは思えない。このまま帰らせてもらえないよりはマシだと思うことにした。駅前に住んでいるわけではないし、そう簡単に家の所在まで知られることはないだろう。

最寄り駅で降ろしてもらい、歩いて自宅に帰り着いた。さすがに久志も由香里と別れて、家に着いてもいい頃だった。ソファに腰を下ろすと、カバンからスマホを取り出した。しかし、着信もメールもなかった。久志がまんまと由香里の罠（わな）にはまったとは思いたくない。

遼の話を信じるなら、レストランへは常務の車で行ったようだ。常務は同乗してなかったようだが、二人のことを知っているのは確かだ。娘に甘いと評判の常務だけに気になる。

　電話をかけるか、それとももう少し待つか、スマホを眺めながら悩む。結局部屋に帰ってきたことをメールで知らせるだけにとどめて、スマホをテーブルの上に置いた。もしかしたら無理してアルコールを飲んで、帰った途端に眠ってしまったのかもしれない。

　こうしてただ待っていても仕方がないので、お風呂に入ることにした。ちょうど明日、久志とは式場を探しに行く約束をしているので、会ってからゆっくり話を聞けばいい。

　お気に入りのバスソルトで、心も身体もリフレッシュし、肌にボディクリームを馴染(なじ)ませる。

　バスルームの鏡に映った姿を眺めながら、式の前にブライダルエステにでも通おうか思案する。デコルテや背中、二の腕など露出するであろう箇所はもう少し手入れを念入りにしておきたい。まだまだ大丈夫だと思いつつも、四捨五入すると三十歳、やはりブライダルエステは必須に思えた。

　お風呂上がりにビールを飲みながら、会社近くのコンビニで買ってきたウェディング雑誌をカバンから取り出してめくる。気に入ったチャペルと、ついでにマリッジリングのページにも付箋(ふせん)を貼る。こうしておけば、明日はスムーズに見て回れるはず。そう思って浮かれた気分で眠りについた。

翌朝少し早めに目が覚めた。久志にメールをしてみても、相変わらず返事がない。昨夜のお酒が残っていて、まだ寝ているのだろう。久志のことだから、起こしに行かないと、昼近くまで目覚めないかもしれない。

礼子は少し早めに家を出て、久志のマンションへと向かった。ベルを鳴らしても反応がないため、少しためらいながら、合鍵でドアを開けた。

部屋に入ると、案の定、久志は気持ちよさそうに眠っていた。身体を揺すっても寝ぼけているのか、なかなか起きようとしない。

「早く起きて。今日は式場を見に行く約束でしょ。覚えてるよね」

「ん、あ……礼子」

「〝礼子〟じゃないわよ、今日は式場見にいく約束でしょ」

寝返りを打って二度寝しようとする久志の布団を剥ぎ取った。

「しっかりしてよ。コーヒー淹れてくるから顔洗ってきて」

仕事はできるのに、朝はびっくりするほど弱い。

こんなことでよく遅刻せずに出勤できていると感心するほどだ。結婚したら新居は駅の近くにしたほうがいいかもしれない、そう心の中にメモをする。〝結婚したら〟という言葉の響きに、一人照れ笑いをこぼす。

キッチンでコーヒーを淹れていると、久志がのそのそとベッドから起き上がり、目をこすりながらバスルームへ向かうのが見えた。その寝ぐせ頭があまりにひどくて、思わず吹き出してしまった。

シャワーを浴びる音が聞こえる。久志は思ったとおり、昨夜帰ってそのまま眠ってしまったのだろう。普段は脱いだスーツくらいハンガーにかけているのに、それすらもしていなかった。ワイシャツや靴下も床に点々と落ちている。

礼子は脱ぎ捨てられたスーツをクローゼットに片づけ、落ちているものを拾って洗濯機に放り込んだ。だらしがないと思う反面、由香里が訪れた形跡のないことに安堵する。

実はもしかしたら由香里が泊まっているのではないかと不安だった。彼女がいるから、昨夜、連絡がなかったのではないか、と。しかし、この状態ではスマホをチェックしていないことも納得できる。

「コーヒーできた？」

タオルで髪を拭きながら久志がバスルームから出てきた。いつもならキッチンにカップを取りに来て、軽くキスしていくのに、そのままソファに座ってしまった。

少しよそよそしさを感じつつも、二人ぶんのコーヒーをテーブルに運ぶ。一つ久志に渡すと、チラリと礼子を見てから無言のまま飲み始めた。

いつもと違う振る舞いに、また違和感を覚える。昨日本当は何かあったのではないかと勘繰りたくなる。

「昨日、連絡待ってたんだよ。食事どうだった？」

　昨日レストランの駐車場まで行ったことは言わずに、何も知らないふりをして聞いてみる。

「初めての店でちょっと肩凝ったけど、美味かったよ。ただ、やっぱりナイフとフォークは俺には向いてない」

　つい「私も行きたかった」とこぼすと、久志は何か言いたげに一瞬礼子を見て、すぐに目をそらした。それに気がつかないほど礼子は鈍感ではない。何を言いかけたのかと問い詰めてみても、「何もない」の一点張りで話にならない。

「そろそろ出ないと、式場、回れないいんじゃない？」

　そう久志に言われて、結局、連絡がなかった理由も聞けないまま、飲み終わったマグカップを片づけた。

　礼子を待つことなくさっさと靴を履く久志を追って外へ出る。昨夜、付箋を貼ったウェディング雑誌は持参していた。出掛ける前にどこを回るか相談したかったのに、それができる雰囲気ではなかった。

「ねぇ、チャペルの前に大きな階段があるところを一番最初に見に行きたい」

　結局駅まで歩きながら相談して、昨夜、雑誌を見たときに一目で気に入った教会が第一候補になった。

青い空に大きな階段が映え、真っ白なドレスを着たモデルがブーケを投げている写真が一際目を引いた。久志は「わかった」と言うけれど、本当にわかったのか定かではない。彼の気のない返事に、納得がいかないまま電車に乗り込んだ。

礼子が気を利かせて起こしに行ったおかげで、なんとか予定どおり目的の式場に到着した。ちょうど今日はブライダルフェアを開催しているらしく、礼子たちのほかにも幸せそうなカップルが何組も来ていた。前日に思い立ったために予約をしていなかったけれど、受付に行くと快く参加させてもらえることになった。

「疲れてるのはわかるけど、もうちょっと真剣に考えてくれてもいいんじゃない？　二人のことなんだし」

もらったパンフレットを見ながら会場を回り、眠そうにしている久志にも好みを聞く。一生に一度のことだから、二人の納得のいくウェディングにしたいと思うのは当然のことだ。しかし久志の返事は礼子の思っていたものではなかった。

「俺にはよくわからないから、礼子の好きなようにすればいい」

そう言われて礼子は返す言葉を失った。

ほかのカップルはもう少し楽しそうに見学しているのに、礼子たちだけなんだか冷めている気がする。こんな状態では、少し衣装も見たいなどと言えそうにない。どうせこんな気分で見ても、テンションも上がらない。スタッフに案内されて衣装部屋に入っていくほかのカップルが羨ましかった。

別の式場に行っても、久志の反応は変わらなかった。疲れているのか、それとも結婚に迷いが出てきたのだろうか。

最初からこんなことでうまくやっていけるのか不安に駆られる。久志はもともと決断力のあるタイプではないし、結婚式自体にもこだわりのあるほうではない。それでもついこの前までは一緒に雑誌を見て楽しく話していたのに、今日の久志はやはり変だ。どれだけ礼子が結婚式場のおすすめポイントや自分の理想を話しても反応が鈍い。

久志の気分が乗らないなら出直したほうがいい。礼子はあきらめて久志に帰ることを提案した。普段なら大丈夫だ、と無理してでも笑顔を見せてくれる久志だけれど、今日に限ってはあっさり了承した。そのことがまたショックだった。

いつもなら二人で買い物をして、久志の部屋に帰る。でも、今日はもう一人になりたいと顔に書いてある。それがわかって礼子は自分の家に帰ると告げた。

さすがに久志も申し訳なく思ったのだろう。頭をくしゃくしゃと掻きながら、「なんか俺、今日はどうかしてるみたいだ。月曜には気持ち切り替えるから」と唇をかんだ。その様子はまるで何かに葛藤（かっとう）しているようにも見えた。

最後は笑顔を見せて電車に乗り込む久志に、礼子は手を振った。もしかしたら、昨夜、由香里と何かあったのだろうか。そんな風に疑ってしまうのは、自分が由香里を苦手としていて少し神経質になっているだけだと思いたかった。

今日は気持ちに余裕がなくて、久志に当たってしまったような気がする。早く謝りたくて、電車に乗る前にメールを送った。『今日は可愛げがなくてごめんなさい　礼子』と、シンプルに一文だけ書いた。

すぐに『俺こそごめん。結婚式は一生に一度のことなのに。次はちゃんと回ろう　久志』という返事が戻ってきた。やはり、由香里と何かあったと思ったのは勘違いだったのだと思い直し、礼子も次はもっと楽しく回れるようにしようと決めた。


週明けの月曜日、久志は週末の様子がウソのようにいつもどおりだった。やはり疲れていたせいだったのだと思えるくらいに話もできた。ランチに行きがてらウェディング雑誌を見たり、指輪の相談もしたりした。礼子に笑顔で次はドレスの試着もできたらいいね、と言ってくれる変わりように驚くほどだった。

それからは怖くなるほど順調に結婚式の準備が進んでいった。

そんな中、だんだん久志が大きな仕事を任されることになった。それに伴って、残業や出張、休日出勤が当たり前のようになり、デートの最中に電話で呼び出されることも増えた。久志は期待に応えようと、嫌な顔一つせず仕事に打ち込んだ。その姿を礼子も頼もしく思って応援していた。

　そんな毎日が続いたある金曜日の夜のことだった。残業が終わったら礼子の部屋に来ると言っていた久志から電話が入った。

「悪い。明日接待になったんで行けない」

「わかった。でも、そろそろ招待客のリストを送って。それだけは私じゃできないんだから」

「本当にごめん。早めに決めてメールする」

　料理を作っている最中だったのに、急にやる気がなくなって手を止めた。一人なら適当なものでいい。本当は明日、久しぶりに二人で式の打ち合わせに行くはずだったのだ。礼子のテンションが下がるのも当然だった。

　大まかなことが決まってからは、ほとんど一人で式場に行っている。今回こそはと思ったのに、結局明日も一人で行くことになってしまった。どうせ久志は礼子に任せっぱなしで、料理もお花も興味なし。二人で行っても決めるのは自分だからと言い聞かせてもやはり寂しい。

　土曜日の式場は結婚式をしている人たちで賑わい、休日なので仲良く打ち合わせをしている人たちも多い。その中で、担当のスタッフと相談しながら一人で物事を決めていく。彼女も最近久志が顔を見せないことを不審がっているようで、さりげなく近況を聞かれることが多い。

礼子だって不安がないわけではなかった。いくつか段取りを確認したけれど、やはり気分が上がらず少し早めに式場を後にした。

ブランドショップが立ち並ぶ通りを一人で歩いていると、ショーウィンドーに映る自分の姿が寂しそうに見え、思わず目をそらした。街の賑わいに居心地の悪さを感じ、帰途につく。最寄り駅で下車すると、静かな駅前に少し安堵して、コーヒーショップに立ち寄ることにした。賑やかな場所にはいたくないけれど、一人にもなりたくはなかった。温かいカフェラテを注文して空いている席に座った。

そろそろ新居も探し始めなければならない時期だった。スマホで、朝に弱い久志のために駅の近くで、けれど将来家族が増えることを想定して環境のいい場所を検索する。前に進んでいる実感が得られない虚しさに、ため息をついたときだった。スマホに電話の着信があった。相手は大学以来の大親友からだった。

礼子が卒業して大阪を離れたとき、彼女も両親から独立して東京にやってきた。もちろん恋人が東京に就職したことも大きい要因なのだけれど、礼子を心配していたというのも間違いではない。

「夏海、久しぶり」

「……ごめん」

スマホから聞こえた夏海の第一声はその一言だった。泣きそうな声の夏海はそれ以上何も言わない。何があったのか尋ねても、ごめんを繰り返すだけ。

直接会って、話を聞くしかないと思って居場所を聞くと、礼子の家の前にいると言う。礼子は「すぐに帰る」とだけ言って通話を切ると、空になったカップを片づけて、急いでコーヒーショップを飛び出した。

家まで十分ほどの距離を小走りする。日頃走らないせいか、すぐに息が上がってなかなか進まない。ようやく自宅マンションにたどり着き、エレベーターを降りると、部屋の前で夏海が立っていた。

「夏海！」

息を切らしてかけつけると、今にも泣き出しそうな夏海がいた。

「突然、ごめん。デートやったんちゃう？」

「一人だから大丈夫よ」となだめながら、鍵を開けて夏海を部屋に上げる。しかし夏海はリビングに通しても、うつむいたまま座ろうとしない。キッチンに行ってコーヒーメーカーをセットして戻って来ると、いきなり夏海が床に正座して両手をついた。

「ごめんなさい。本当にごめんなさい。関口さんに礼子の勤め先を話したの私やねん」

「なんだ、そういう話？　わかったからとりあえずソファに座ろうよ。土下座なんかされてもね」

夏海の手を取って引っ張る。遼が現れたとき、情報の入手先は夏海ではないかと思ってはいた。夏海が簡単に口を割るとは思っていなかったけれど、相手は遼だ。根負けして話してしまったとしても責められない。

「言い訳せえへん。煮るなり焼くなり好きにして」

「だからいつの時代よ。大丈夫、怒ってないよ。夏海が話してなくてもきっと遼に見つかってたと思うし」

そう思ったのは本当だ。同じ大学だったのだから、知る方法はいくらでもある。それに遼は探したとは言ったけれど、夏海から聞いたとは一言も言わなかった。夏海に聞く前からある程度、礼子の居場所に当たりはついていたのだろう。おそらく夏海のところには、確認に行っただけだ。

「本当に怒ってない？」

「怒ってない。だからもう落ち込まないの」

夏海をソファに座らせてキッチンに戻り、出来上がったコーヒーを運ぶと、夏海の隣に座った。

「ありがとう。私、礼子に嫌われるんちゃうかと思って……」

「大げさだな、夏海には結婚式の受付をしてもらうんだからね」

「うん。頑張る」

笑顔を取り戻した夏海に安堵して、せっかくだから式のことをいろいろ相談することにした。雑誌を見ながらドレスの相談をしていたら、実際見てもらったほうが早いという話になって、来週ドレス選びに付き合ってくれることになった。一人ではテンションが上がらなかったけれど、夏海となら楽しめそうだ。久志がもし休みだとしても、本番まで楽しみにしてもらうのもいいだろう。

来週の予定が決まったところで、久志から電話がかかってきた。どうやら今仕事が終わったらしい。最近はゆっくり会えていなかったから、気にしているのだろう。電話の声はいつになく優しかった。

「夏海が来てて、いろいろ式のこととか相談に乗ってもらってたところ」

「そっか。飯でもどうかと思ったんだけど、友達が来てるならまた今度にしようか」

「うーん、そうだね。今日はやめておこうか」

そう返事をしたところで、状況を察したらしい夏海が「ちょっと待って！　私ならもう帰るから気にせんといてって言って」と大きな声を出した。久志にも聞こえたようで、その慌てぶりが可笑しいのか、電話越しに笑っている。

「だ、そうだけど」

「じゃあ、駅に着いたら電話する」

「わかった。気をつけてね」

夏海を送りに一緒に駅へ向かった。きっと、久志が駅に着く頃にちょうどいいだろう。二人で駅まで歩くのも久しぶりだ。学生の頃を思い出す。あの頃もこうして駅まで並んで歩いて通学していた。夏海がいなかったら、大学を辞めてしまっていたかもしれない。それほど夏海は、礼子の辛い時期を支えてくれていた。

「ねえ、一緒にご飯食べてけばいいのに」

「せっかくのデートを邪魔したら悪いし、帰るわ」

デートと言うほどの色っぽい話ではないのだけれど、気を遣ってくれているのならこれ以上止められない。

駅に着くと、たった今到着した電車に久志が乗っていたらしく、スマホを操作しながら現れた。久志が顔を上げたところで目が合い、礼子のカバンの中でスマホのワンコール目が鳴り始めた途端、音が切れた。

「お帰り」

「ただいま。もう来てたのか」

「うん、夏海を送ってきたの」

「こんばんは。礼子をお借りしました」

久志も夏海とは何度か顔を合わせたことがあって、久志以外で唯一、礼子の部屋に泊まったことがあるのも知っている。付き合い始めた頃は冗談で、夏海のことをライバルだと言っていた。

「いや、仕事で相手ができなかったから助かったよ。夏海ちゃんもよかったら一緒に飯どう?」

「ほら、久志もこう言ってるし」

「新婚夫婦のアツアツぶりは目の毒やから帰ります。ちょっと礼子と話せてすっきりしたし」

止める間もなく、夏海は改札を通り抜けてホームに行ってしまった。〝新婚夫婦〟というよりも、どちらかというと〝熟年夫婦〟みたいに新鮮味はないけれど、それは口に出さずにのみ込んだ。

久志と二人になった後、行きつけの居酒屋に入り、とりあえずビールで乾杯する。

「式のこと、任せっぱなしで悪いな」

「いいよ、仕事忙しいのわかってるし。来週、夏海とドレスの試着に行こうと思ってるんだ。一人より楽しそうでしょ」

言ってからしまったと思った。嫌味のつもりはなかったけれど、久志が来ないことを皮肉っているように聞こえたかもしれない。けれど、それは考え過ぎだったようで、ドレスのことをよくわからない久志は、夏海のほうが適任と受け止めたようで、当日を楽しみにしていると言ってくれた。

ドレスは夏海と見に行っても、久志が休みなら、新居の相談はしたいと思っていた。久志はどう思っているのだろう。また忙しいと断られたらショックだ。

「部屋かぁ、もうちょっと広いところがいいよな。来週、休みがとれるようなら一緒に考えよう。はっきりしたら、連絡するよ」

素っ気ない返事を返されなかっただけでもよしとしよう。気を取り直して、礼子はよく味の染みたおでんの大根を頬張る。こたつに入って日本酒を飲みながら、二人でおでんを頬張る姿が浮かんできて、穏やかな気持ちになっていく。

おでんの具は何が一番か、そんな他愛もない話にお酒が進む。結婚したら、大きな鍋ですべての具を試してみようと盛り上がった。久志も未来を想像しているらしく、いろいろ大変だけど、前向きに一つずつ決めていこうと決意を口にした。

結婚式まであと三カ月、その頃はおでんの時期ではないけれど、今から楽しみだ。

「こたつも置こうね」

「そうだな」

このときはその約束が果たされると、少なくとも礼子は信じていた。

だが、久志はどうだったのだろうか――。

第三章　硝子（ガラス）の絆（きずな）

次の週末、約束どおり夏海がウェディング雑誌を何冊も抱えてやってきた。しかも金曜日の夜からという気合いの入れようには驚かされた。

「いろいろ調べてきたから、ほらこれ見て」

雑誌には付箋がいくつも貼られていて、夏海が熟読してきた様子がうかがえる。当事者がどちらなのかわからなくなってしまいそうな熱の入りようだった。それだけ夏海が礼子の結婚を喜んでくれているのだと思うと、さらにドレス選びも楽しくなりそうな気がする。

コーヒーを淹れると、二人並んでソファに腰かけた。雑誌を見ると、夏海がハイテンションでやって来た理由もよくわかる。ウェディングドレスと一口に言ってもシンプルなものから華やかなものまでさまざまで、自分が着ることを想像すると、自然と礼子のテンションも上がっていく。

初めに目に留まったのは、おとぎ話に出てくるプリンセスが着ているようなドレスだった。

友達の結婚式で見たときも素敵だと思ったけれど、実際に着るには抵抗があった。雑誌のモデルはみんな若くて引け目を感じてしまうし、自分の着たいドレスが必ずしも似合うとは限らない。普段からフリルやリボンのついた服は着たことがない。

そんな礼子の気持ちを、夏海はお見通しだった。嫌いなものは勧めないけれど、まだ二十七歳なんだから好きなものを着たらいいと力説してくれた。何歳になってもドレスは花嫁の夢なんだから、遠慮はいらないと言う。晩婚化が進んでいる昨今、歳のせいでためらうなど、世の中の花嫁を敵に回す行為だとまで言われた。

たしかに一生に一度のことなのだから、誰に何と言われようと気にする必要などないのかもしれない。

雑誌のページをめくっていくと、今度はAラインやマーメイドラインのドレス。レースやフリルをふんだんにあしらったドレスに目を奪われる。先ほどまでのためらいなどなかったように、どれも試着してみたくなってくる。どうも可愛らしいデザインであればあるほど惹かれるようだ。

「礼子は案外可愛いドレスが好きやねんな」

「そうかも。カッコいいのもいいんだけど、どうせなら可愛く見せたいじゃない。それにマーメイドラインを着るにはもう少し背が欲しいし」

ハイヒールを履けば着られるだろう。でも、礼子が一六〇センチで、久志が一七〇センチ。そうすると、久志の身長を追い抜いてしまうかもしれない。

「たしかに新郎より背が高くなったら、久志さんが気の毒やね」

二人で想像して肩を落とす。やはり久志の横なら可愛らしいドレスを着たほうが合うだろう。けれど、もし横に立つのが彼なら……。ふと思い浮かんだ人物を、頭を振って追い払う。そんな想像自体すべきではない。挙動不審の礼子を夏海が不審がるが、遼のことを思い出したとは口が裂けても言えない。

そのとき、スマホが着信を知らせた。久志かと思って手に取ると、画面には登録されていない番号が表示されていた。まさかと思い、電話に出ることをためらってしまう。

「出ないの？」

不思議がる夏海の様子から、彼女が遼に教えた可能性は消えた。もし遼に教えていたら、この間、謝ってくれたときに言ってくれているはずだ。

電話は留守電に切り替わるといったん切れ、すぐにまたかかってきた。どうやって番号を調べたのかわからないけれど、このしつこさは間違いなく遼だと確信した。きっと出るまで、何度もかけてくるだろう。礼子は観念して通話ボタンを押した。

「やっと出た」

やはり遼だった。何の用かと冷たくあしらっても怯む気配すらない。いつもの笑顔が目に見えるような明るさで、「声が聞きたかった」とあっさり言われて拍子抜けする。

「私は聞きたくなかったわ。それに勝手に番号を調べるなんて失礼じゃない？」

あえて誰から電話番号を聞いたかは尋ねない。どうせ由香里以外にあり得ない。ようやく電話の相手が遼だと気づいた夏海が、自分が教えたのではないと必死でジェスチャーしている。

「そう怒るなよ」

礼子が怒っても悪びれるどころか、楽しんでいる節がある。

「私、忙しいから切るわよ。一人じゃないの」

「でも、婚約者と一緒じゃないやろ」

言葉が出てこなかった。久志と一緒だとウソがつけるほど器用ではない自分が嫌になる。ただ、どうして知っているのかと、のど元まで出かかった言葉をなんとかのみ込んだ。遼は誰より礼子のことを知っている。あえて誘導に乗る必要はない。

「残念やな。せっかくあいつが誰とどこにおるか教えたろうと思ったのに」

まったく残念そうでもなく、むしろ面白がっているように聞こえる。久志の居場所を知っていてカマをかけるところもいつもどおりだ。

今、彼はまだ残業しているはず。明日の土曜日は休日出勤だと言っていたけれど、日曜日には新居を探す約束をしている。遼の話に惑わされる必要などないはずなのに、妙に胸騒ぎがして、つい遼の言葉に乗せられてしまった。

「何が言いたいの？」

「俺は礼子が傷つくところを見たくないだけや」

遼さえ邪魔しなければ傷つくことはない。だからもうかけてこないでほしいと言うのが精いっぱいだった。だから遼の返事を待つことなく電話を切った。これ以上話していたら、遼にひどいことを言ってしまいそうだった。

顔を上げると夏海の姿がなかった。きっと気を遣って席をはずしていてくれたのだろう。静かになったのを見計らって、玄関のほうから夏海が心配そうに戻ってきた。どんな話をしたのか聞かずにいてくれることがありがたい。

さっきまでの楽しい雰囲気が台無しになり、今からまたドレスを見ながらはしゃぐ気にはなれなかった。夏海はそんな礼子の心中を察したのだろう。

「明日に備えてもう寝よっか。ドレスたくさん着るんやろ」

「うん、そうだね。明日たくさんドレス着なくちゃね。可愛いのが見つかるといいな」

ちょっと白々しいと思いつつ、気を遣わせてしまった夏海に笑顔を返した。こういうときは寝て忘れてしまうのが一番いい。

日曜日の午後、久志の家に向かう支度をしていると、久志のほうからやってきた。

久志は部屋に上がると、まだ眠そうにソファに腰かけた。もう少し昨日のことを気にかけてくれてもいいのではないかと思うけれど、礼子がコーヒーを淹れて戻ってもいっこうにそんな素振り（そぶ）りを見せない。金曜日、会社から帰る際に言葉を交わしたときと比べても、少し様子が違うことが気にかかる。

遼の〝あいつが誰とどこにおるか教えたろうと思ったのに〟という一言もあって、金曜、土曜と本当に仕事だったのか確かめたい気持ちがわき起こるけれど、遼に振り回されるのもしゃくで、久志を信じようと思い直した。

こうなったら、式の当日まで久志にドレスのことは内緒にするのもいいだろう。驚く姿を見るのも悪くない。そう開き直って、昨日着たドレスの写真を気づかれないように引き出しにしまった。

「昨日ドレスをたくさん着て写真撮ったんだけど、まだ決められてないんだ」

「そっか。でも、慌てなくてももう少し時間あるだろ」

「うん、もうちょっと考えてみる。素敵なのが多くて……」

代わりにパソコンを起ち上げて、住宅の検索サイトを開く。昨夜、めぼしい物件はいくつかピックアップしておいた。駅近の新しいマンションで、間取りは新婚向きの2LDK。会社帰りにスーパーにも寄れるのも条件の一つだ。

　久志の意見も聞いて物件を絞り込み、すぐにでも不動産屋と連絡をとって、試しに内覧に出かけたいと思っているのに、久志はどことなくノリが悪い。再び違和感を覚えていると、久志がポツリと口を開いた。

「……あのさ、もしかしたら俺転勤になるかもしれないんだ」

「転勤？　どこへ？」

「大阪。でも、まだ決まったわけじゃないし、行ったとしても三年で戻ってくるから、とりあえず単身赴任だな。その代わり、戻ってきたら課長だったらどうする？」

　三年で戻ってくる。どこかで聞いたことのある言葉に礼子は一瞬鳥肌が立った。けれど過去を引きずっても仕方がない。今回は結婚してからの話で、遼のときとは状況が違う。

　たしかに大阪への転勤は出世コースなのだろう。去年同じように東京に帰ってきた人は係長に昇進した。ただ、一足飛びに課長というのは普通ではあり得ないことだ。でも、妙に自信たっぷりの久志を否定する気はなかった。やる気を削ぎたくはない。

　心配なのは、久志が一人で大阪に行ってやっていけるかどうかだ。礼子は大学生の頃、大阪に住んでいたので土地勘がある。東京よりすべての面でテンポが速く、どちらかといえば、のんびり体質の久志が慣れるには時間がかかる気がした。馴染むには、言葉への慣れも必要だ。

だから一緒に行くことも提案してみたけれど、久志は断った。礼子が仕事を続けたいことをよく知っているからだ。ついて行くなら礼子は今の職場を辞めるしかない。

三年で帰ってくるのが事実なら、たしかに今のまま、東京で働きながら待つのがいいのかもしれない。三年後、復職できる保証などない。

とはいえ、あまりにもあっさり〝来なくていい〟と言われると寂しさを覚える。まだ正式決定ではないようだけれど、久志の言い方からして、ほぼ時間の問題だろう。

「だけど、式は大丈夫だよね？　もうほとんど準備は済んでるし、招待状はまだだけど、招待する人には声をかけちゃってるから。いまさら変更したら迷惑かけることになるでしょ」

「あ、えっと、そうだな。たぶん大丈夫だと思うけど……」

それに式の翌日から十日間の休暇も申請済みだ。十連休など新婚旅行でもないとなかなか取れるものではない。

「直前になって旅行キャンセルとかしないでよ。楽しみにしてるんだから」

「そ、そうだな。楽しみにしてたもんな」

礼子一人が楽しみにしていると言われているような気がする。歯切れの悪い久志になんとなく不安が拭いきれない。

「結婚式や新婚旅行より、出世ってわけね。久志にそんなに出世願望があったなんて知らなかった」

　プライベートで久志が仕事の話をするのはまれだし、今まで人の出世に興味を示しているのを見たことがなかった。すると、久志は突然声を荒げた。

「俺だって人並みに出世願望くらいあるよ。同期で一番とは言わなくても、取り残されるのは嫌だって誰でも思うだろ！」

「そんなに怒らなくてもいいじゃない。最近、仕事、仕事で休みの日も会えないから拗ねてみただけなのに」

「どうせそっちも週末俺がいないことをいいことに、楽しそうにしてるじゃないか」

〝全部知ってるぞ〟と言いたげな久志に、単なる文句以上の何かを感じる。

「どういうこと？　夏海にやきもち妬いてるの？」

「夏海ちゃんって言えば俺をごまかせると思ってるんだろうけど、俺だってそんなにバカじゃない！」

　ドンという音とともに、テーブルに置かれたカップからコーヒーがこぼれた。

「ごまかすって、私が何をごまかしたっていうのよ！」

　本当に会っていたのは夏海だけだ。遼からかかってきた電話には出たけれど、久志に疑われるようなことはしていない。

「前に大学の先輩だって言ってたあいつ。あいつが元カレだってこと、俺が知らないとでも思ってるのか?」

「それ……誰から聞いたの」

「やっぱり、本当だったのか……」

様子が変だった理由がわかった。金曜日の仕事中はいつもどおりだったから、きっと残業していたはずのあの夜か、休日出勤していたはずの昨日知ったのだろう。

夏海は礼子と一緒だったから、ほかに遼のことを知っている人といえば、由香里しか思いつかない。となると、久志と由香里は金曜の夜もしくは昨日会っていたことになる。

電話で話題に上る内容とは思えない。もし会っていたとするなら社外だろう。あの由香里が残業や休日出勤をするとは思えないからだ。

けれど、証拠があるわけではない。問い詰めたらすべてが終わる気がした。そう思った途端、妙に冷静になっていく自分に驚く。

「もう七年も前に別れた人よ。久志にだって元カノくらいいるでしょ」

「もちろん、いるよ。でも、俺は会ったりしてないけどな」

礼子だって会いたくて会ったわけではない。でも、それを言ったところで、信じてもらえそうな雰囲気ではなかった。久志は完全に疑っているようだった。

でも、それは礼子より由香里の言葉を信じていると言われているようなものでもあった。このまま結婚していいのか不安になる。マリッジブルーと呼ぶには、大きすぎる気持ちのすれ違いに思えた。

どれくらい時間が過ぎただろう。沈黙に耐えかねて、テーブルの上のカップを手に取り、コーヒーに口をつけた。けれど、冷めてしまったコーヒーは飲む気になれず、キッチンにコーヒーを淹れ直しに立った。

「俺、今すごく混乱してる。男でもマリッジブルーってあるのかな……」

久志は少し興奮が収まったのか、そう言うと大きなため息をついた。ずいぶん落ち込んでいるようだった。

「あるのかも。結婚って大きな決断だもん。ごめんね、茶化したりして」

「いや、最近、同期の昇進話も増えてて、焦ってるのかもしれない」

たしかに先月同期の一人が係長になったと聞いた。大阪への転勤で実績を作れば課長に昇進できるかもしれない、そんな話を聞かされたら舞い上がってしまうのもわかる。しかも、役員の娘が近づいてきたのだから、絶好のチャンスだと考えるのもわかる。そのうえ、礼子のつまらない噂話を吹き込まれたら、冷静さを失うのも無理はない。

けれど、本当に由香里の作戦なのだろうか。今まで彼女がここまでした話は聞いたことがない。今回は苦戦しているからなのか、それとも、それほど久志に対して本気ということなのか。

「久志の悩みはわかった。でも、私は久志に隠してることも、やましいことも一つもない。それだけは信じて」

「ああ、疑って悪かったよ。俺だって礼子が初めての彼女ってわけじゃないのに」

新しいコーヒーを淹れたカップを久志に手渡す。

「私たち今までほとんどケンカしたことなかったし、結婚する前にちゃんと気になってることをぶつけられて、よかったんじゃない？」

「そんな風に言えるなんて、礼子は俺より男前だよな」

「そう？　じゃあ仲直りの乾杯。コーヒーだけど」

心のもやもやがなくなったわけではないけれど、ここはとりあえず仲直りしておいたほうがいいだろう。結婚のことで頭がいっぱいで、久志が仕事のことで悩んでいることに気づかなかった。ひどいことを言ってしまったことを礼子は後悔した。


翌週から、不自然なくらいに由香里が礼子にも久志にも絡んでこなくなった。必要最低限の会話しかせず、黙々と仕事をしているから、逆に気味が悪かった。

先輩の麻美も何か怖いものでも見るように見つめている。急に仕事に目覚めたとは思えないけれど、自分たちのことを放っておいてくれるなら、礼子としてはこれ以上望むことはなかった。

「何か企んでるんじゃなきゃいいけど、気をつけなさいよ」

「どう気をつけたらいいのか、もうわかりませんから」

　結婚のことは部署中に発表した。これ以上、予防のしようもない。それに久志の転勤も本決まりになった以上、まもなく由香里が手出しすることはできなくなる。まさか父親の力を使って、一緒に転勤するようなことまではしないだろう。

　顔上げると、課長も話を聞いていたのか、目が合った。盗み聞きしているようでバツが悪かったのだろうか、まるで声をかけられるのを避けるように廊下に出て行った。

　その日は仕事が早く終わったおかげで、いつもより早めに帰宅した。お風呂上がりにビールを飲みながらソファでくつろいでいると、寝室からスマホの着信音が聞こえた。取りに行くのが億劫で、しばらく放置しておいたけれど、なかなか鳴りやむ気配がない。

　余程大事な用件なのかと思い、スマホを取りに寝室に向かった。画面を見ると、相手は登録していない番号の持ち主。遼に間違いない。

「なんの用?」

「用がないとかけちゃダメなのか?」

「私たちはそんな仲じゃないはずだけど」

「冷たいな。結婚を発表したからなんだよ。俺はあきらめが悪いって知ってるだろ」

「またその話?　今度は何を企んでるの?」

「俺は礼子のことを心配してるだけだ。忘れるなよ、礼子を幸せにできるのは俺だけだって——」

結婚するのだから、遼の出番はない。気のない返事をして電話を切ろうとすると、遼は真面目な声で「最後に一つだけ」と前置きして、突拍子もないことを言い出した。

「明日は仕事を休んだほうがいい。礼子のために」

「えっ、なんで？」

それに答えることなく、電話は切れた。

そんなことを言われても、明日は会議があるし、理由もわからず休めるわけがない。そうでなくても、もう少ししたら新婚旅行で十日間も休む。これ以上周りに負担をかけたくなかった。

けれど、遼のいつになく真剣な言い方が心に引っ掛かった。いつも二人で話すときは関西弁なのに、今日はそうじゃなかったことも気になる要因だった。

翌日、礼子は普段どおり出勤したけれど、オフィスに入って三十分もしないうちに、休んでおけばよかったと思う羽目になった。

朝いつもぎりぎりに出社してくるはずの久志が、始業時刻になっても出勤して来ない。直行のときは、いつも前もって教えてくれるのに連絡もなかった。

心配になりながら、ホワイトボードの予定表に目を向けて愕然とする。

久志の名前がない——。

いつも久志の名前が貼られていた場所に、他の人の名前が貼られている。しかし誰も気にしている様子もなく、いつもどおりにそれぞれの仕事をこなしている。誰かに聞いてみようと思ってあたりを見回すと、急に課長が立ち上がった。

「え～、ちょっとみんないいか」

課長は小さく深呼吸をしてから、少し大きな声を上げた。みんな何事かと手を止めて、課長に視線を向ける。静まり返ったフロアに課長の声が響く。

「急だったんだが、柴田君の転勤が早まって、今日から向こうに行くことになった」

話を聞いていたみんなの視線が一瞬で礼子に集まった。けれど、今みんなと一緒に初めて話を聞いた礼子に言えることなどあるはずがなかった。どうりで久志のデスクが片づいているはずだ、そんなことくらいしか思い浮かばない。

「大丈夫？」

心配してくれる麻美の声が耳に入ったのは、みんながそれぞれ仕事を再開して少し経ってからだった。

「大丈夫……なんでしょうか」

自分でも、大丈夫なのかどうかよくわからない。思考はとっくに停止している。けれど麻美の声で現実に戻ったせいか、周囲の人々の声も耳に入り始めた。

「柴田さんと藤尾さんって、結婚するんじゃなかったっけ？」

「だよな、どうなってんだ？」

「藤尾さんに聞いてみろよ」

「そんなの聞けるわけないだろ」

視線付きのひそひそ声が嫌でも耳に飛び込んでくる。ご指摘のとおり、礼子と久志は結婚するはずだった。どうなっているのか、聞きたいのは礼子のほうだ。

「あれ？ところで園田さんって、今日休み？」

由香里の横の席で男性社員が声を上げた。いっせいにそちらにみんなの視線が集まる。

もちろん礼子も視線を向けた。今はなんでも知りたかった。視線にさらされたその人は、何も知らないと両手を振って、何か知っているはずの課長をうかがう。ある程度想像はついているけれど、ほかのみんなと同じく、固唾（かたず）をのんで課長の言葉を待つ。

課長は大きくため息をついてから、仕方がないといった様子で口を開いた。

「え～、園田さんは結婚退職することになりました」

最近課長が礼子と目を合わせなかったのも、今朝から様子がおかしかったのも、ただ久志の転勤が早まっただけではなかったのだ。間違いなく由香里は久志について行った。すべて知っていた課長は辛かっただろう。口止めされていたに違いない。

久志の転勤に由香里がついていったと気づいたのは、もちろん礼子だけではない。今度は憐れみの視線が礼子に痛いほど突き刺さる。

「最近柴田さん、園田さんと妙に仲良かったもんね」

「園田さんいつにもまして迫ってたからな」

「あの柴田が園田さんに落ちるとはな。あいつは大丈夫だと思ったんだけれど」

「しょせん、男なんてそんなもんよ」

「藤尾さんかわいそう」

真実からは逃げられないにしても、遼の忠告を聞いて、この瞬間を回避できていたら、もう少しはマシな状況だったのだろうか。明日出社してから、こっそり今日の課長の説明を麻美から打ち明けられていたほうがよかったのかもしれない。でも、いまさら考えたところで、昨日に戻ることはできない。

気持ちを切り替えて、仕事に戻ろうとするけれど、さすがに集中できない。そんな礼子を見かねた麻美が早退を勧めてくれた。けれど、今日は仕事が山積みで、簡単に早退できる状態ではなかった。それに麻美の言葉はありがたいけれど、いかにもダメージを受けているようで、みんなから憐れみの目で見られるのは嫌だった。

そのうちみんな忘れてしまうはず。今日さえ乗り切れば……。

そう自分に何度も言い聞かせて、夕方まで耐え抜いた。どう過ごしたのか、記憶も曖昧なまま、何とか定時までやり遂げ帰宅した。

部屋に着くと、カバンを床に放り投げ、ソファに倒れ込んだ。その拍子にカバンから飛び出したスマホがテレビの前に落ちた。そういえば今日は一度もスマホを確認していない。マナーモードにしたままだった。

久志からの着信など期待もしていない。もしかしたら由香里が留守電に高笑いでも残しているかもしれない。そう思うと、スマホに触れることも躊躇わせる。けれど、重要な連絡が入っていても困る。嫌々ながらスマホを拾い、またソファに座った。

ロックを解除すると、電話の着信が二件あった。一件は久志から。もう一件は遼から。そして久志からのメールを一通、受信していた。

メールの文面はシンプルなものだった。

「ごめん」その一言だった。

浮気してごめん？　裏切ってごめん？　黙って逃げてごめん？　一人にしてごめん？　何に対しての〝ごめん〟なのかはわからない。きっと、それら全部なのだろう。もう怒る気にもならなかった。

礼子も一言だけ返信した。

「さよなら」

〝ありがとう〟はいらないだろう。

もう会うことも声を聞くこともない。もし数年後に東京に戻ってきても、部署も階級も違う赤の他人だ。メールアドレスも、電話番号も、履歴もすべて削除した。あっけない幕切れだった。別れるなら、もう少しケンカでもするのかと思っていたけれど、メールで終わるとは思いもしなかった。

会社で課長から聞いた話がすべてで、久志に詳細を問いただしたところで、何かが変わるわけではない。明日からもあの会社に通わなくてはいけないと思うと気が重いけれど、他人の不幸などすぐにみんな忘れてしまうものだ。きっと時が解決してくれるだろう。

ただ、久志に一つ言い忘れたことがあったことに気がついた。式場と旅行のキャンセルと代金はどうするつもりなのだろう。あれだけ人に準備を押しつけておいて、キャンセルの手続きまで一人でさせられるのはひどすぎる。もし次の打ち合わせに行かなければ、式場から連絡が入る。式場の人には悪いけれど、ここから先は久志に全部処理してもらってもいいだろう。

それに新婚旅行のために取った有休はどうすべきか……。一人で旅行に行くこともできるけれど、そんな気分にはとてもなれない。かといって、今から誰かを誘うには急すぎる。申請どおり休んでも、休みを返上しても、噂話に花が咲くのは避けられそうにない。

そう思うと、なんだかすべてが嫌になってきて、いっそ転職してしまおうかとも思う。しかし、それも負け犬のようであまりにみじめだ。あんなに喜んでくれた両親に気苦労をかけると思うと、実家に帰るという選択肢も考えられない。それ以前に破談になったことを、どう親に切り出すかも頭が痛い。

夏海にも、連絡しなくてはならない。ドレス選びから式のことまでずっと手伝ってもらって、あんなに喜んでくれていたのに、がっかりさせてしまうと思うと胸が痛む。

それでも、親よりも夏海に報告するほうがまだ気が楽だった。夏海にどう伝えたらいいか悩みながらメールを書いていると、手の中のスマホが着信を知らせた。遼からだった。話したい気分ではなかったけれど、文字を打っている途中だったため、思わず通話ボタンを押してしまった。

「俺」

遼の第一声はその一言だけ。なのに、張りつめていた気持ちがほぐれるのが自分でもわかった。オレオレ詐欺でもあるまいし……そう思ったら思わず笑みがこぼれた。

「思ったより元気そうだな……。なんて言うと思うな」

遼が眉を八の字に下げている表情が思い浮かぶ。遼という人は本当に昔から変わらない。礼子のことになると、自分のこと以上に一生懸命だった。

「心配してくれてありがとう」

「俺が心配するのは、礼子のことだけだからな」

遼の声を聞きながら、今日初めて涙が頬を伝う。バカとだけ呟いた後は言葉にならなかった。

久志と由香里のことを聞いても、周りから憐れみの視線を投げられても、なんとか耐えられた。久志のメールを見ても涙は出なかった。それなのに、遼の声を聞いただけで涙が出るとは思ってもみなかった。

鼻をすする音だけが部屋に響く。言葉の出ない礼子を、遼はただ黙って待っていてくれた。どれくらいそうしていただろう。電話の向こうで、何か液体を注ぐような音が聞こえたかと思うと、遼の声が聞こえた。

「あっちぃ」

きっと、コーヒーでも淹れようとして、手元が狂ったのだろう。

「片手で注ぐからよ。冷やさなくて大丈夫？」

「礼子が淹れてくれへんからしょうがないやろ。電話を置いて声を聞き逃すわけにもいかへんし」

コーヒーをこぼして、慌てたのだろう。昨日からずっと標準語で話していたのに、関西弁が飛び出した。裏を返せば、遼なりに気を遣ってくれていたのだろう。

それにしても、礼子が遼にコーヒーを淹れていたのは、忘れてしまいそうなほど昔のことで、それも決まってインスタントだった。今、遼は高級ホテルのジュニアスイートに住んでいるのだから、ルームサービスを利用すれば済む話で、自分で淹れる必要などないはずだ。

「私なんていなくても、そこなら電話一本でなんでも運んでもらえるでしょ」

「そこならって、もうホテルは出たから。ここは借りたばかりの自宅マンション。いつでも来い」

いつの間にか遼は引っ越していたらしい。たしかにあんな高級ホテルに住むのはどうかと思っていた。一泊いくらするのか聞くのも怖い。

だからといって、いつでも来いと言われても困る。「婚約者がいる身で……」と言いかけて、婚約者がいなくなったことを思い出す。さっきまで泣いていたのに、遼がコーヒーをこぼすからすっかり忘れてしまっていた。

「戻ってくればいいやろ」

「無理よ。そんなに簡単にはいかないわ。婚約までしてたんだもの。あと三カ月で結婚するはずだったの。それに遼と別れたのはもう七年も前じゃない」

「だから俺は別れてないって言ってるやろ」

諭すような優しい口調が心に沁みる。その言葉どおり、再会してからも遼は、あの頃のまま、礼子をずっと恋人扱いしている。

　そのときふと遼が由香里と連絡を取っていたことを思い出した。由香里とは利害が一致していると言っていた。もしかしたら、こうなるように遼が仕向けたのかもしれないという思いが頭をかすめる。

　疑念を礼子がストレートにぶつけると、「俺はそんなに卑怯な男じゃない」と遼に怒られた。たしかに、強引なところはあっても、姑息（こそく）な手段を使うような人でない。ということは、由香里が一人で暴走したということなのだろうか。

　由香里に惑わされる程度の絆しか築けなかった久志と自分にも非があるとはいえ、父親の権力を利用して出世をちらつかせ、人の人生をもてあそぶとはひどすぎる。

「ただ、彼女を止められへんかったのは俺の責任や」

「遼のせいじゃないでしょ」

　きっと、最初は礼子の情報を聞き出すために、由香里と連絡を取っていただけだろう。

　遼は私が自らの意思で遼を選ぶことを望んでいるのであって、久志から無理やり引き離して自分のものにしようという考えはなかったと思う。それなら礼子をホテルに連れて行ったとき、強引に既成事実を作ることもできたはずだ。

　だから遼が彼女を煽（あお）ったわけではない。遼の性格からして、由香里の行動には干渉しないようにしてきたはずだ。むしろ由香里の行動がエスカレートしていくのを見て、止めようとしてくれたのだろう。それなのに止められなかったから、少しでも礼子の心の傷が浅く済むように、休めと電話をくれたのだと想像がつく。

「ごめん」と繰り返す遼に、これ以上心配をかけたくなかった。礼子が落ち込めば落ち込むほど、遼は罪悪感にさいなまれるだろう。

「俺の前では無理するなよ」

「ありがとう。どうしても無理になったら、転職先でも紹介してもらおうかな」

「俺に永久就職すればいいやろ」

遼のご両親に反対されて別れたのに、またそういうことを言う。

婚約者に逃げられた日にプロポーズする人がどこにいるというのだ。そんな状態で、〝はい〟と言えるほど礼子は切り替えが早くない。

「わかった。今すぐ口説くのはやめておく。俺は待つのは慣れてるからな」

「どうぞご自由に」

本当なら泣き崩れていてもおかしくないのに、最後はそんな軽口を言い合いながら通話を終えた。少しだけ泣いて、少し笑って世間話をして、何気ない一日のように終わった。

スマホには、さっき書きかけた夏海へのメールが残っていた。読み直すと暗い文面で、夏海に心配をかけるだけだと思って書き直した。

「突然だけど、久志との結婚やめることにしたの。ごめんね。詳しいことはまた連絡するから」

それだけ書いて送信すると、外界との接触を断つように、そのまま電源を切ってベッドに潜り込んだ。


玄関のドアを叩く音で目を覚ました。寝ぼけて頭が正常に働かないまま、パジャマ姿で玄関に行ってドアを開ける。すると、鬼の形相をした夏海が立っていた。

「何があったのよ⁉」

「夏海、どうしたのよ、こんな時間に」

今が何時かわからないけれど、夏海の後ろに見える景色はまだうす暗い。おそらくまだ始発電車も走っていない時間のようだ。

「〝どうしたのよ〟じゃないわ。何回電話しても出えへんし、あんなメール寄こしておいて電源切るとか、心配するに決まってるやん」

夏海の言うことはもっともだった。電源を切ったのは、万が一、久志から返信が来ると嫌だったからだ。せっかく遼と話をして少し落ち着いたのに、また気持ちを乱されたくなかったのだ。

でも、そんな心中を夏海が知る由もない。たぶん、心配してタクシーで駆けつけてくれたのだろう。

「ごめん」

「死んだんちゃうかと思ったんやからね！」

もし逆の立場だったら、自分もタクシーを飛ばして駆けつけただろう。夏海は今まで見たこともないほど怒っている。頬に涙の跡が残り、目は真っ赤だった。

気が動転している夏海をリビングに通し、とりあえずコーヒーメーカーをセットした。

普段どおりの礼子に拍子抜けしたのか、夏海は怒りを忘れたように棒立ちで礼子の様子を目で追う。

「ねぇ、なんで久志さんと結婚やめにしたん？」

「ちょっと落ち着いてよ。着替えてコーヒー淹れてくるから」

少し待ってくれるように頼んで、寝室で部屋着に着替えた。リビングに戻ると、夏海はソファに座らず、床に正座して待っていた。コーヒーのいい香りが広がっていたけれど、〝そんなの後でいいからここに座れ〟そう夏海の目が言っている。仕方なく、礼子も夏海の前に正座をして、膝を突き合わせる。

「で、なんで久志さんとの結婚やめにしたん？」

「えっとね、久志が転勤になってね」

「それで？」

「常務のお嬢さんと結婚しちゃったみたいなんだよね」

〝する〟のか、〝した〟のかは、定かではないけれど、そんなことはこの際どうでもいい。そう思って顔を上げた礼子は口を開けたまま唖然とする夏海の表情に思わず笑ってしまった。昨日、会社で話を聞かされたとき、自分も同じような顔をしていたことだろう。

ようやく事態をのみ込んだ夏海が、いつの間にそんな話になったのかと、詰め寄ってきた。

夏海には心配をかけたくなくて、久志の浮気の疑いについて話したことがなかった。というより、今まで誰にも言わずに胸に秘めてきた。

詳しく話せと言う夏海に、後輩が常務の娘で久志を気に入っていたことや、おそらく常務の力で昇進を餌に言い寄ったこと、そして、久志が礼子と遼の仲を疑っていたことなどを、一つひとつ丁寧に説明した。

夏海は話を聞き終えると立ち上がり、髪をくしゃくしゃにしながら「意味がわからない」と一言呟いて、ソファの背もたれに身を預けた。まるで昨夜の自分を見ているような気分だ。

しばらくして夏海は起き上がり礼子を見すえた。「それでいいの？」

「よくはないんだけど、怒る気にもならないっていうか、それほど落ち込んでないんだよね」

たぶん、それは昨夜、遼と話したおかげだろう。それほどダメージを受けていない自分が意外だった。

「関口先輩と別れたときはそんなもんじゃなかったよね。本当に久志さんのこと好きやった?」

夏海の言うとおり、遼と別れたとき、礼子は遼を忘れるために必死だった。もう恋は二度としないと誓うくらい辛かった。就職してからも合コンに参加するようなこともせず、残業ばかりの生活を送ってきた。今思えば、無味乾燥な毎日だったように思う。

そんな礼子に声をかけてきたのが二年先輩の久志だった。真面目だけどちょっと不器用で、飾らないところに好感を持った。この人といれば、もしかしたら遼を忘れて幸せになれるかもしれない。そんな気がして久志の好意を受け入れた。

初めから好きだったかと聞かれたら、そうだとはっきり言える自信はない。けれど、仕事はできるのに、朝が苦手なところとか、少し優柔不断なところとか、好き嫌いが多いところとか、そんな完璧じゃないところに逆に惹かれていった。久志を好きになった気持ちにウソはないと思う。その証拠にプロポーズされたときは本当に嬉しかった。

「でも、突然現れた関口さんに動揺してしまう程度やったってことじゃないの?」

「そう言われると、やっぱりそうだったのかな……」

たしかに遼が現れたときは動揺した。婚約したばかりだったし、別れて七年も経っていたのだから無理もない。

けれど、礼子以上に動揺したのは久志だったに違いない。由香里に翻弄されたと言えなくもないけれど、二人の絆はその程度のものだったのだ。そう思うと、久志を一方的に責める気にはなれない。

「久志さんを好きやった気持ちがウソやったとは言わへんけど、関口さんが現れたタイミングも悪かったし、礼子は関口さんのこと、本当に好きやったからな」

そう言って夏海が抱きしめてくれた。

「ごめんね」

「私に謝ることはないよ。悪いのは、やっぱり久志さんのほうやわ。何があったにしろ、私の礼子に黙って逃げ出すなんて許されへん」

「……そうだね。私、捨てられたんだもんね」

夏海の前では、久志との間に問題はなく、結婚を楽しみにしているように振る舞ってきたつもりだったけれど、ドレス選びに付き合った頃から、夏海は礼子がマリッジブルーになっているのではないかと思っていたらしい。とっくに気づかれていたのだ。

「まさか破談になるとは思わんかったけどね」

やはり夏海には敵わない。ついさっき、泣きながらタクシーを飛ばしてやってきたのに、そんな冗談を言いながら笑顔を見せる。励ましてくれているのだろう。

「これからどうするつもりなん?」

「まだ決めてない。しばらく居心地悪いだろうけど、仕事を投げ出すわけにもいかないし、新婚旅行の予定で休みを取っちゃってるから、そのときゆっくり考えるつもり」

そう答えると、仕事のことなんかより、今、大事なのは遼とのことだと、夏海に叱られた。しかし、婚約者に逃げられたから、遼とヨリを戻すという簡単な話ではない。七年もかけてやっと遼のことを吹っ切ってきたのだし、別れの原因となった遼の母親との関係はあの頃のままだ。

「でも、関口さん、待ってると思うけどな」

「……もうこの話はおしまい」

そう言って立ち上がり、時間が経って煮詰まったコーヒーにミルクを入れてカフェオレにして運んだ。

「私は礼子が幸せになってくれればそれでいいんやけどね」

「ありがとう。幸せになれるように努力します」

「よろしい」

窓からは、すっかり朝日が差し込んでいた。パンを焼いて軽い朝食を済ませると、夏美を送るついでに礼子も少し早いと思いつつ会社に向かった。遼や夏海に話したおかげで、今日から気持ちを新たにやっていける気がした。

けれど、余波は続いていた。始業時刻から三十分ほど過ぎた頃、静かだったオフィスが急にざわつき始めた。顔を上げると、昨日寿退職が発表された由香里が課長のデスクに向かって歩いているところだった。

どうやら退職の挨拶に来たらしく、課長に一礼するとお菓子の箱を差し出した。その左手の薬指には、きらりと光る指輪があった。それを見せつけるために来たのかと疑いたくなる。こうなることがわかっていたから、最近由香里はおとなしくしていたのかと思うと、悔しさで涙腺が壊れそうになる。

課長も礼子に気を遣って対応に困っている様子なので、静かに席を立った。昨日よりもいっそう憐れみのこもった視線を背中に浴びながら脱出した。職場放棄かもしれないけれど、これくらいは許されるはずだ。スマホと財布を手にビルを出た。

会社の近くの小さな公園のベンチに座ると、大きなため息が出た。すがすがしいほどの青空の下、うつむいたまま、足元をじっと眺めていた。こんな風に仕事をサボるのは初めてだった。後で課長に謝っておこう。もし叱られても、今、あの場所にいるより何倍もいい。

しばらくそうしていると、視界に茶色い革靴が映り込み、礼子の前で止まった。生地のいいスーツと、靴の手入れのよさから、すぐに誰だかわかった。差し出されたカフェオレの缶に顔を上げると、遼が優しい目をして礼子を見つめていた。

なる。

「ありがとう」

カフェオレの缶を受け取ろうとすると、遼は当然のようにプルタブを開けてから差し出した。こんなふうにしてもらうのは久しぶりのことで、堪え切れずに涙が溢れそうになる。

遼は礼子の横に腰を下ろした。うつむいて歩いていて気づかなかったけれど、遼とは、さっき会社を出るときにすれ違っていたらしい。声をかけたけれど、青ざめた顔をして通り過ぎて行ったので、心配して後をついてきたということだ。

遼は由香里が会社に来ていることを知っていた。昨日、電話があって、少し話したそうだ。

「やっぱり親父さんの力を使ったみたいやな。彼女も今回は本気やったってことや」

「そっか……」

本気なら何をしてもいいわけではないけれど、今までのようにゲームではなかったと聞いて少しは救われた気がする。

「最初は礼子に憧れてたらしい。それでずっと礼子を見てたら、愛おしそうに見つめてるあいつを見つけた。自分もあんな風に見つめられるような人になりたいってとこからどういうわけか、あいつに見つめられたくなったんやろうな」

礼子に憧れて、礼子のものが欲しくなってしまった。そう言われたらなんとなく納得がいく。由香里には今まで手に入らないものなどなかっただろう。だから、自分のものにしなければ、気が済まなかったに違いない。

父親の力を借りたくらいだから、いつもより気持ちが強かったことはウソではないと思う。でも、それで本当に幸せなんだろうか……。

「私に憧れてたなんて初耳。嫌われてると思ってた」

「彼女もプライド高いからな」

〝彼女も〟というのが気になるのだ。けれど遼は礼子の言いたいことなどわかっているとでも言いたげに、頭をぽんぽんするから何も言えなくなってしまった。

遼によると、礼子が気にしていた式場の予約と新婚旅行は、久志のほうでキャンセルの手続きをしたらしい。ひょっとすると遼が、由香里を通じて、久志に言ってくれたのかもしれない。いずれにせよ、あとキャンセルできていないのは礼子の有給休暇だけだ。

「有休取ってるんやろ。どうする？　俺と旅行でもするか？」

遼には全部お見通しなのが悔しい。

「社長だから忙しいんでしょ。そう簡単に休みなんて取っていいわけ？」

「うちの社員は優秀やからな」

遼は缶コーヒーを一口飲むと、真顔で続けた。

「旅行はともかく、会社にいづらいならうちに転職するか？　社長秘書とか似合うと思うけど」

「わがまま社長のお守りなんてごめんだわ」

ただでさえ、婚約者に捨てられたばかりで傷心中の身なのだ。相手の親に反対されて別れた元カレに頼るなんて、みじめすぎる。自分の男運のなさに、改めて落胆してしまう。

「礼子には俺だけやって、早く気づいてほしいんやけどな」

「そろそろあきらめてほしいんですけど、関口先輩」

「そんな風に他人行儀になるときは、気持ちが揺れてるときやって自覚してないやろ。強がって見せても、昔から全然変わってないな」

「そういうこと言わないでよ」

そんなこと自分が一番よくわかっている。だから、すぐそばにある懐かしい肩に寄り添ってしまいたくなる。

遼が立ち上がって、「泣きたくなったら胸を貸す」と両手を広げる。その姿に思わず笑みがこぼれる。そんなこと、日中の公園で、しかも会社の人が前を通るかもしれない所でできるわけないのに……。そんな風に思いながらも、遼の胸を借りたい自分がいることに気づく。それだけ弱っているということなのだろう。

しかしいくら弱っていても、そんなに簡単に気持ちは切り替えられない。

「そろそろ園田さんも帰った頃かな。いつまでもサボってるわけにもいかないし、仕事に戻るわ」

立ち上がって大きく伸びをした。このままここにいたら、遼にまた甘えてしまいそうで怖かった。

「無理するなよ。いつでも胸を貸してやるから」

「うん、ありがとう」

もっと何か言われるかと思ったけれど、遼は引き留めずに見送ってくれた。

公園を出ると、スマホに麻美からメールが届いた。由香里が帰ったことと、あと十分で会議が始まることが書かれていた。由香里のことはさておき、会議のことをすっかり忘れていた。急いでビルに駆け込み、エレベーターに乗り込んだ。

職場に戻ると、いっせいにみんなの視線を浴びる。気持ちはわかるけれど、礼子から発表することなど何もない。気づかないふりをして、資料を抱えて会議室に向かった。

会議室でも居心地の悪さは変わらない。みんなあえて触れないようにしているように感じられて、とても発言するどころではなかった。

あと一カ月もすれば、新入社員が入ってくる。そうしたら社内の雰囲気も変わるかもしれない。それまで辛抱するしかない。きっと、休憩室や化粧室でも、しばらく話題にならない日はないだろう。

そう思うと一人で大阪に転勤していった久志が恨めしい。きっと向こうでは、礼子を捨てたことなど誰も知らないだろう。それどころか、みんなに常務の娘との結婚を祝福してもらっているかもしれない。

会議は心ここにあらずだったものの、無事終了した。去り際に課長に呼び止められ、誰もいなくなった会議室で課長と二人で席につく。用件はだいたい察しがついている。あからさまに退職を勧められたりはしないと思うが、そのあたりの話だろう。

「このたびはご迷惑をおかけして申し訳ありませんでした」

「いや、こっちこそ、何もしてあげられなくて悪かった」

考えてみれば、課長こそ一番の被害者だ。礼子と久志の関係を知っていたため、気苦労も多かったに違いない。けれど、課長の口から出たのは、予想外の謝罪の言葉だった。常務の力が働いたとはいえ、由香里を選んだのは久志自身だ。課長が礼子に謝る必要はない。それなのに気遣ってもらい、改めて尊敬する。

しかし、どうも話はそれで終わりではないようだった。何かとても言い辛そうにしている。もしかしたら本当に退職を促されたりするのだろうか。常務の力がまだ働いているのなら、それもあり得る話だ。

これ以上課長には迷惑をかけられない。もし肩を叩かれるのなら応じようと礼子が覚悟を決めたときだった。

「実は、今の君にこんなこと言うのは酷なんだけど……、連休を返上してもらえないかな」

「は？」

〝連休〟とは、新婚旅行の予定がなくなり、どうしようかと持て余していた十連休のことだろう。今となっては忌々しい連休だ。

「構いません、けど……」

どうして？　という言葉をのみ込んで、課長の言葉を待つ。

「実は新しい企画があってね。誰に頼もうか迷ってたんだけど、みんな手が離せないし、だけどこれを頼むなら君しかないんだよ。社長と知り合いだそうだし……」

話が読めた。これは遼の策略だ。まったく仕事を私物化しているとしか言いようがない。こんな準備をしておいて、よく一緒に旅行にでもなどと言えたものだ。

遼の手のひらの上で転がされているようで、心外なものの、何も知らない課長から仕事だと言われたら、今の礼子に断れるはずもない。退職を促されるどころか、仕事を任せてもらえるのだからありがたいことだ。

「喜んでお引き受けします」

「そう言ってくれると思ってたよ。じゃあ頼んだよ」

課長は笑顔で会議室を出て行った。その笑顔から、このまま礼子が辞めてしまうのではないかと、課長が心配してくれていたことが伝わってきた。

デスクに戻って、仕事に取りかかる。朝からほとんど何も手を付けていないから、今日は残業間違いなしだ。そうと決まったら周りの目など気にしていられない。

「私も新しい仕事、手伝うことになってるから、よろしくね」

椅子をスライドさせてやってきた麻美が、横から礼子の肩に顎を乗せて言う。この人も礼子を心配してくれている人の一人だ。心強い限りだ。

「こちらこそ、よろしくお願いします」

「イケメン社長と知り合いなんだって？　課長ちょっと心配してたわよ」

もしかしたら、前に一度会社の前で課長と別れてすぐに遼に捕まったところを見られていたのかもしれない。そう思うと、どれだけ心配をかけていたのか計り知れない。

「私、手がかかる部下ですね」

「どうかな。私に話すとき、花嫁の父みたいな顔してたけどね」

礼子を心配して、仲の良い先輩と組ませてくれたのだろう。本当に課長には頭が下がる。絶対いい仕事をして、恩返ししようと心に誓った。

夕方、ふと窓の外に目を向けると、きれいな夕焼けが広がっていた。そのまま、気分転換に化粧室に立つ。例によって、経理部の先輩方がお化粧直しと井戸端会議の真っ最中だった。無言で通るのも気が引けて、一応小さな声でお疲れさまですと声をかけた。

すると、ちょうどいいところで会ったというように、腕を掴まれた。礼子の結婚が破談になったことは当然のように知られていて、質問攻めが始まった。

もちろん、彼女たちの関心事は久志と由香里の関係ではない。破談の原因が礼子と遼の関係にあったのではないかという一点に尽きるようだった。だから振ったのは久志であって、自分は遼と付き合っていないことを、再度強調しておいた。

やっと解放されて個室に入った。これから遼の会社の仕事を担当することがわかったら、また周囲が騒がしくなるのは避けられそうにない。

当分の間、夕方の化粧室へは来ないほうがよさそうだと礼子は思った。

第四章　それでも朝はやってくる

課長の気遣いのおかげで、仕事が忙しくて周りの目を気にしている暇もない一カ月を過ごし、気がつけば季節は春を迎えていた。通勤電車から見える桜の木が日に日に色づく様子に心が癒される。

そしてその花が見頃を迎えようとした頃、新入社員が礼子たちの部署にもやってきた。女性二人に、男性三人。初々しさに目を細めて見ていたけれど、その中で、一番背が高くて八重歯がチャームポイントの男性社員を、かつての礼子の教育係である麻美が預かることになった。つまり、その新人も今抱えている自分たちの仕事に加わるということで、礼子も無関係とは言えない。

礼子は彼の、絵に描いたような爽やかさに目がくらみそうだった。隣の課に君臨する女豹(めひょう)たちの注目の的になることは間違いない。ますます夕方の化粧室には行かないほうがいいと礼子は肝に銘じた。間違いなく今度は合コンのセッティングを頼まれるだろう。

「九条信也（くじょうしんや）です。よろしくお願いします」

「藤尾です。こちらこそ、よろしく。えっと、私、打ち合わせ行ってくるから……」

数カ月前に礼子の身に起きた出来事を知らない人とは、ある意味気を遣われなくて済むぶん付き合いやすい。けれど、いつ誰の口から伝わるかと思うと、接し方も消極的になる。

礼子自身は九条とどうにかなろうと思わないが、申しぶんのない好青年だから、ほかの女子社員から勝手に恋敵に認定されるのは面倒だ。それを一番しそうな由香里がいないことがせめてもの救いだけれど、無意識に遠ざけていたらしい。ある日、「藤尾さん、僕のこと嫌いですか？」と、麻美の前で意を決したように聞かれてしまった。

嫌いではないけれど、必要以上にかかわらないようにしているのは事実だ。それを嫌われていると感じさせたのなら、非があるのは礼子だ。

「よく頑張ってると思うし、これでも認めてるつもりなんだけど」

「それならいいんですけれど……」

そう言うものの、九条の顔には〝腑（ふ）に落ちない〟と書いてあった。麻美は事の成り行きを笑顔で見守っているだけで、手助けしてくれる様子はなかった。

九条の人懐（ひとなつ）っこさは、彼のいいところだと思うけれど、礼子は事あるごとにつきまとわれて、若干、迷惑していた。

「藤尾さん、新しい資料できたんですけど、ちょっと見ていただけますか？」

「私？　石川さんにお願いしてもらえないかな。ちょっと今、手が離せないの。それに教育係は石川さんでしょ」

しかし、そう言ってから今日に限っては自分が見るしかないことを思い出す。

少し前から風邪気味だと言っていた麻美が本格的に体調を崩していた。熱が上がっていたようで顔が赤い。自分から体調不良を口にするような人ではないので、早退を勧めた。すると、よほど我慢していたのだろう、めずらしくあっさりと受け入れて、さっき早退したところだった。

そうなると、やはり九条の持ってきた資料をチェックするのは礼子しかいない。後で見るからと、いったん預かってデスクの端に置いた。しかし、九条は席に戻らず、横に立ったまま待っている。

「まだ何か用？　資料なら後で見ておくから席に戻って」

いちいちそこまで言わなければわからないのかと、若干イライラする。体調不良の麻美の仕事もフォローしておきたいのに、余計なことで時間を使いたくなかった。

「あ、すみません。きれいな髪だなって、つい見とれてました」

一瞬、自分の耳を疑った。キーボードを叩いていた手が止まる。しかし、過剰に反応すると、調子に乗せるだけだと思い、何事もなかったようにもう一度席に戻るように促した。

　九条が席に戻ったことを確認すると、礼子の口からため息がこぼれた。気が散って目の前の作業に集中できなくなってしまった。仕方なくいったん作業を中断して席を立ち、コーヒーをカップに注いで戻ってくると、九条が持ってきた資料に目を通し始めた。

「なかなかやるじゃない」

　思わず感想が口をついて出てしまった。完璧とは言えないけれど、新入社員にしてはよくできている。麻美の指導のたまものだろう。

「ありがとうございます」

　後ろから聞こえた声に驚いて振り向く。笑顔の九条が真後ろに立っていた。むやみに立ち歩かないように注意したいところだが、話が長引きそうなので、びっくりするので真後ろに立つことはやめてほしいとだけ伝えた。セクハラ親父も痴漢も必ず後ろからやってくる。

「とりあえず気になったところに付箋を貼っておいたから、もう一度見直してみて」

「わかりました」

　返事だけは一人前だけれど、麻美なしで九条とかかわるのは本当に疲れる。このやりとりを当たり前にこなしている麻美を改めて尊敬する。

「あの、今日お暇なら一緒に食事に行きませんか？　資料のこと、もう少し詳しく教えてもらいたいので」

突然の申し出に、またしても耳を疑う。ランチの時間は過ぎてしまっているから、夕食をということだろう。仕事の話を口実にすれば断りにくいと思っているようだが、礼子もいたずらに歳は取っていない。こんなときのうまい断り方くらい心得ている。

「今日は先約ありなの。それに石川さんの体調が良くなってからにしましょ」

よりによって麻美が早退した日に二人で食事などあり得ない。それに実際、今日は遼の会社に寄ってから帰る予定になっている。おそらく食事もして帰るだろうから、約束は入れられなかった。

その日はその後、九条に仕事を邪魔されることはなかった。ただ、麻美のフォローをするとなると、予定していたよりも少し遅くなりそうだった。早めに遼にメールで時間の変更を連絡すると、すぐに了承の返事が返ってきた。

夕方になると、遼の会社に寄って直帰するとホワイトボードに記入して会社を出た。すでに遼は外出の準備をして待っていた。

昼間に打ち合わせを行うときは、どちらかの会議室を使って、それぞれの会社から数名が参加していた。しかし、夕方からの打ち合わせは遼と二人で食事をしながら行うことが多かった。もちろん仕事の話がメインだけれど、話が脱線してしまうことも多かった。

「新入社員に手を出してるって、もっぱらの評判やけど？」

「いったい、いつもどこからそんな話を仕入れてくるの？　やめてよ。私にその気はありません」

真剣な顔でメニューを見ていたはずの遼が、どこから聞いてきたのか、そんな話を面白そうに始めた。

「俺の女やから手を出すなって言っとこうか？」

「遼と付き合ってるつもりはないけど」

「今もこうやってデートしてるやろ。それやのに付き合ってないって言うほうがおかしいやろ」

何を言いだすかと思ったら、あまりのポジティブさに一瞬受け入れてしまいそうになる。

たしかに今日はまだ仕事らしい話はしていないけれど、会社にも仕事だと言って出てきているのだ。さすがに同意できない。

「これは打ち合わせでしょ。お腹が空いたから食事をしながらがいいって遼が言うから来ただけよ」

本当は久志との一件以来、食欲のない自分を心配して、遼が食事に連れてきてくれていることに気づいている。その気持ちには感謝しているけれど、礼子にとっての今の遼はあくまで仕事相手だ。七年前とは違う。その分別は持ってもらいたいと思う。

「へぇ、打ち合わせということは、礼子の会社ではこの食事代、経費で落ちるのか？」

「こんな高い料理、落ちるわけないでしょ」

「じゃあ、礼子の会社では、仕事相手を名前で呼ぶんか？」

「呼ぶわけないじゃない」

「なら、これってデートやろ」

遼はすぐそうやって自分の思いどおりの答えに誘導しようとする。

「そんなこと言っても〝はい、そうです〟なんて言いませんからね」

「相変わらずやな。まぁいい。二人で食事できるようになっただけでも、進歩したってことにしとくか」

〝相変わらず〟はこちらのセリフだ。ただ、強引なことを言っても、礼子の気持ちを察して引くタイミングを誤らないところが遼らしい。

仕事の続きと言いつつ、遼と一緒に食事をするのは嫌ではなかった。礼子のことを一番に理解して、辛いとき必ず支えになってくれる。

でも、久志と別れてからまだそう日も経っていない。礼子のほうから別れを切り出したなら、また状況は違っていたかもしれないけれど、まだ次の恋に踏み切れるほど、ダメージは回復していない。

それでもこうして遼と冗談を言い合うおかげで、気が紛れている気はする。少しずつリハビリをしている気分だ。最近は久志と別れたことよりも、遼のことを考える時間のほうが長くなっていると思う。

ただ、仮にリハビリが完了しても、遼とやり直す自信はなかった。学生時代に対峙した遼の義母とは一生分かり合えない気がするからだ。それどころか、七年前よりも礼子の状況は悪くなってしまった。婚約者に捨てられた女というレッテルが追加された。

遼は気にしないというけれど、周囲はそう思わない。もしまた遼の気持ちを受け止めても、また引き離されるかと思うと、一歩を踏み出す勇気はなかった。

今でも、ときどきあのときの夢を見る。義母の真っ赤な口紅とネイル、そして芯の強そうな笑みを忘れることができない。

一人の世界に入り込んで無言になった礼子に、遼が眉を下げて心配そうな顔で声をかける。

「また何かネガティブなこと考えてたやろ。俺がおるから、何も心配することなんかないのに。心配事があるなら一人で抱えんな」

遼の気持ちは嬉しいけれど、とても話せる内容ではない。笑顔を作って、「なんでもない」とだけ返した。

「それより心配してくれてるなら、新人君に変なこと吹き込まないでよ」

「なんや、やっぱり狙ってるんか？」

「そうじゃなくて、変な気を遣われたくないだけよ。仕事がしづらくなるでしょ」

婚約者に捨てられた事件が知られるのは時間の問題だろう。だけど、知られるなら、もう少し関係性がしっかりできてからのほうがいい。

「仕事がしづらくなったら、うちに転職って手もあるやろ」

「新しい仕事を私に用意した人の言葉とは思えないわね」

遼はやはりわかっていたかと言いたげな表情を見せつつも、少し嬉しそうに笑った。

「一応、コネ入社は受け付けてないからな。俺の恋人でも、みんなに実力を示してもらわんと」

「だから恋人じゃないって言ってるのに」

本当かウソかよくわからない話だけれど、礼子から転職をお願いした覚えはない。コネで入社するよりはマシだけど、これ以上遼の思いどおりにさせるわけにはいかない。

「礼子の気持ちを動かすのは、そう簡単なことじゃないからな。気長にいくわ」

学生の頃、遼と付き合うまでに半年かかったことを言いたいのだろう。けれど、その頃と今では状況が違う。恋に臆病だった十代の頃の礼子はもういない。

最後の恋になるはずだったものをなくした。それもゴール目前で、突然若い子に奪われて……。恋愛自体がもうこりごりなのだ。何かを手に入れれば、なくすことが怖くなる。何も手に入れなければ、なくすこともない。そう気がついてしまった。苺のムースとコーヒーのいい香りにホッとする。

いつの間にか、コース料理も最後のデザートを残すのみとなった。苺のムースとコーヒーのいい香りにホッとする。

久志とは一度もこういう店には来たことはなかった。好き嫌いが多くて、フォークとナイフが苦手だった。だからいつもお箸で食べられるものを好み、行きつけの居酒屋でビールとおでんが定番だった。そういう幸せがいいと思っていたのに、そんなささやかな幸福さえ手に入れることができなかった。

「またあいつのこと考えてたやろ？　こんないい男が目の前にいてるのに、どうかしてる」

「……本当にそうね。早く忘れなくちゃ」

「いつでも俺が忘れさせたる」

「魅力的なお誘いだこと。その言葉、言われたい人が山ほどいるんじゃない？」

隣の部署の人たちとか、通るたびに目をハートにしている受付の人たちとか……。社外の人まで数え出したら、きっときりがないだろう。

「何回も言ってるやろ。礼子しか必要ないって」

「私に遼はもったいないよ。私は婚約者に逃げられたんだもの」

「あいつがアホなだけや。でも、そのアホのおかげで、礼子が人妻にならずに済んだんやから、俺にとってはありがたいことやけどな。不倫は俺の主義に反する」

「私が不倫するみたいなこと言わないでよ」

もし久志と結婚していたとしても、遼と不倫はしない。相手が誰であろうとするつもりはない。けれど礼子が結婚しても、遼はあきらめる気はなかったのだと知って、なんだかおかしくなった。遼もいまさら気がついて笑い出した。

お互い不倫など器用な真似はできない。それができるくらいなら、礼子は婚約者に逃げられたりしていないし、遼だって七年も一人の女を追いかけたりしないだろう。似たもの同士、不器用なままだ。

きっと遼と結婚する人は幸せになれるだろうと礼子は確信した。

「さぁ、また礼子にあきらめろって言われる前に帰ろうか」

「本当にめげない人ね」

「それが俺の長所やからな」

胸を張って言うことなのかはわからないけれど、たしかにそれで彼はすべて成功してきたのかもしれない。礼子が想像できないくらい努力して、乗り越えてきたのだ。間違いなく立派な長所だと思う。

相変わらずのスマートなエスコートでレストランを出ると、遼は当たり前のようにタクシーを停めて一緒に乗り込んできた。

「一人で帰れるわよ」

「礼子を一人で帰すわけないやろ」

　本当に甘いセリフで、聞いているだけで虫歯になりそうだ。

「ありがとう」

　思わず礼子はお礼を言った。

　ちょっとワインを飲んで酔ったせいか、遼に甘えてしまいそうな自分がいる。肩が触れそうな距離で、いつも見守ってくれている遼。いつかこの肩に寄り添えるようになれたらいいのに。いつか、あの頃みたいに。もう一度――。


　数日後、壁掛け時計が十二時を指した瞬間、麻美と礼子は息もピッタリに立ち上がった。

　今日は、先日遼と行って美味しかった店に麻美と共に行こうと約束していたのだ。財布を手にオフィスを出ようとしたときだった。

「藤尾さん」

　背後から声がかかる。

　待ってましたとばかりに、九条が礼子たちの後を追ってやってきた。「ランチ、ご一緒してもいいですか」

「いいけど……石川さんも一緒だから邪魔しないでよ」

「石川さんも一緒ですか……」

あからさまにがっかりする九条に、礼子は渋い顔をした。

麻美は礼子や九条より先輩で、九条の教育係でもあるというのに失礼な子だ。

ただ仕事については厳しい麻美も、それ以外では九条を年の離れた弟でも見ているように可愛がっている。少々のことでは怒らない。どういうわけか九条が礼子に懐いている様子を面白がっていて、そっけない反応をする礼子を見ているのが楽しいらしい。この人も、別の意味で厄介な人だ。課長に一目置かれているだけのことはある。

最近、いつの間にか三人でランチを食べることが増えた。九条は悪い子ではないのはわかるけれど、あまりにも懐かれると変な感じで、妙に距離が近いのも気になる。遼は九条と比べられたくないかもしれないけれど、遼が二人いるような錯覚さえ覚えてしまう。

三人でお目当てのカフェレストランに入り、壁際の空いている席に座った。

「藤尾さんと関口社長ってどういう関係ですか?」

メニューを選んでいるときに、唐突に九条に尋ねられた。礼子の頭の中は何を食べるかでいっぱいだったため、不意を突かれた形だ。

「ただの仕事相手よ」そう答えるだけで声が裏返りそうになる。

「でも、ほかの人よりも親しそうに見える」と、九条は少し拗ねたように言う。意外な鋭さに警戒心を強めるけれど、本人は自分の勘のよさに気づいてないようだ。

話を聞いていた麻美がからかい半分で煽る。

「何？　九条君、関口社長と張り合うつもり？」

「ちょっと先輩、変なこと言わないでくださいよ」

「やっぱり、石川さんもそう思います？　絶対関口社長って、藤尾さんのこと狙ってますよね？」

遼とのことは誰にも話してないのに、麻美にも九条にも勘づかれているようだ。

それにしても麻美の言い方は、まるで、九条は礼子を狙っているという意味に聞こえる。でも、九条は礼子より五歳も年下だ。周りには同年代の女性がたくさんいるし、普通に考えれば礼子をどうにかしようと思っているわけがない。

言葉を発せずに礼子が困っていると、麻美が九条にわからないように、いたずらっぽい笑みを礼子に向けた。全部わかっていると言われている気がした。

こうなったら開き直るしかない。

「そんなわけないでしょ。関口社長は大学の先輩なだけよ」

「だけど、夕方からの打ち合わせはいつも藤尾さん一人ご指名だし、必ず社長が相手ですよね。普段はほかの人なのに」

何も見ていないようでよく見ているらしい。その観察力を仕事にもう少し生かしてほしいところだ。追い込まれて返事に窮していると、やっと麻美が助け舟を出してくれた。

「知らないの？　そもそもこの仕事は、関口社長が藤尾さんを見込んで発注してきた仕事なんだから、そういうこともあるでしょ」

「そうなんですか？」

そういえば表向きはそうだったかもしれない。九条が入社する前に受けた仕事だから知らなくても当然だ。せっかくだから、この流れに便乗させてもらおう。

「何かご不満？　学生の頃から可愛がってもらってたのよ」

「いいなぁ。僕も大学生の藤尾さんに会いたかったです」

予想外の感想に思わず吹き出しそうになる。大学生の礼子に興味があるなどと、どういう発想をしたら出てくるのだろう。礼子が大学生の頃は、九条はまだ中学生のはずだ。その年の差を考えたらぞっとする。

「学生の頃も、藤尾さんは可愛かったんですよ」

突然、頭上から聞こえた声に見上げると、テーブルの横に遼が笑顔で立っていた。

「関口社長もランチですか。よかったらご一緒にどうぞ」

「そうですか。では、お言葉に甘えて」

何を思ったのか、麻美が礼子の正面の席に遼を誘った。空いていた九条の隣に座った遼は、意味ありげにこちらにウインクを投げてよこした。みんなの前で礼子と呼ばなかったことを褒めてくれと言っているように見える。

「関口社長クラスなら、もっと高そうなところでランチするんじゃないんですか？」

なぜかケンカ腰の九条の物言いに内心ひやひやさせられる。しかもここは遼が礼子を以前に連れてきた店で、礼子が自腹で来るには、この給料日直後のタイミングしかないような高級店だ。九条はメニューをちゃんと見ていなかったのかもしれない。

しかし、遼は意に介する様子もなく、むしろよく聞いてくれたと言いたげな表情を見せた。

「実は、また美味しい店を見つけたので、藤尾さんを誘おうと思っていたんですよ。だけど、みなさんがここに入るのが見えたので……」

仕方なくここに入ってきた――。そう言っているように聞こえる。

しかし、遼がそんな態度をとるせいで、さっきみたいに遼との関係を麻美や九条に勘繰られることになるのだ。それも遼の作戦の一つかもしれないと思うと、下手なことは言えない。

「やっぱり関口社長って、礼子さんを狙ってるんですか？」

何を思ったのか急に九条が〝礼子さん〟と名前で呼び始めた。

さっきまで〝藤尾さん〟と言っていたのに、遼への対抗心の表れだろうか。はっきり言って迷惑でしかない。麻美はもちろん、遼も驚いていて、どういうことだと追及の視線を礼子に向ける。

「九条君、ちょっと馴れ馴れしいんじゃない？」

礼子が九条に向かって言う。

少なくともオフィスでは先輩後輩の仲で、どう考えても礼子のほうが年上なのだ。遼に追及されなくても、そこのところははっきりさせておかなければいけない。名前で呼ぶことを許した覚えはないし、そんな風に馴れ馴れしくされる覚えはない。

「礼子さんっていい名前なので、つい」

〝つい〟じゃないでしょうと言いかけたところで、礼子より先に反応したのは遼だった。

「へぇ、そちらの会社では先輩にそんな口の利き方するんだ……」

「この子、藤尾さんに懐いちゃって、おかげで仕事もよくできるんですよ」

慌てて麻美がフォローするけれど逆効果だ。変な空気がテーブルを覆う。

「まだ新入社員ですけど、絶対礼子さんに認めてもらえるようになりますから」

「へぇ、それは楽しみだな」

お互い笑顔を見せているものの、二人の間に険悪な空気が漂っているのは気のせいではない。遼は礼子に食事の後に打ち合わせをしたいと持ちかけてきたが、それがただの仕事の打ち合わせでないことは容易に想像できた。きっと事実を問い詰めたいのだろう。

この状態で二人だけになるのは勘弁してほしい。うまい断り方を考えていると、その間に九条が打ち合わせには自分が行くと言い出した。

そんなことをすれば、遼の怒りが増すだけだと思って礼子は焦ったけれど、遼も九条と話したいわけではないので、あっさり引き下がった。その代わりに礼子に時間が空いたら電話するように言った。この場で拒絶するわけにもいかず、電話するつもりはなかったけれど、とりあえず了承した。

もっとも、そんなことは遼にはお見通しだろう。きっとまた待ち伏せされて捕まるに違いない。学生の頃なら、この場で強制連行されているところだ。

遼はランチを食べ終えると、呼び出しの電話を受けて、さっさと店を出て行ってしまった。麻美が楽しそうに言う。

「なんだか藤尾さんを取り合う二人って感じで面白いわね」

「面白くなんてないですよ。全部九条君のせいなんだからね」

「だってカッコよすぎて、つい張り合いたくなるんですよ。負けたくないじゃないですか」

さっきから〝つい〟が多いけれど、それに付き合わされる身にもなってほしい。

「同じ土俵にいると思ってるところが、九条君も意外と大物かもよ」

「全然笑えませんよ。負けたくないいんでしょ？　仕事、頑張ってね」

麻美の言うとおり、あの遼に勝てると思っているあたり、たしかに大物なのかもしれない。けれど張り合う相手が悪い。再起不能になるまで叩きのめされないうちに、きっぱりあきらめることを勧めたい。

食後のコーヒーを飲んで店を出ようと思ったら、さっきまですぐ横にあったはずの伝票がなくなっていた。遼が持って行ったのだろう。あまりにもさりげなくて気がつかなかった。お礼を言いたいところだが、日中に電話をすれば、ほぼ確実に夕食に付き合わされることになるだろう。家に帰ってからかけることに決めた。

そんな礼子の目論見(もくろみ)がもろくも崩れたのは、夕方六時半を少し過ぎた頃だった。久しぶりに早く帰れると上機嫌でビルを出ると、見慣れた人影が目の前にあった。遼だ。誰かと電話をしているらしく、歩道の手すりにもたれながら、空いている手で礼子を手招きしている。無視したいところだけれど、ランチのお礼だけ言っておこうと思ってそばまで近づくと、ちょうど電話が終わった。

「もういいの?」

「もちろん」

当然のように、礼子の腰に回そうとした遼の手をやんわり振り払う。会社の前でなくても困るけれど、特に会社の前でそんなことをされては困る。

「ランチをごちそうになったお礼を言いたかっただけだから。ごちそうさまでした」

「今からディナーもごちそうするけど」

「結構です」

　きっぱり断るものの、顔を合わせたが最後、逃げ切れたためしがない。相変わらずのあきらめの悪さに、こちらも以前より強く拒否することなく、遼の車に乗った。

「で、あいつは何？」

「何って知ってるでしょ。新入社員の九条君よ」

「そうじゃなくて……」

　言いたいことはわかる。でも、礼子もびっくりしたのだ。遼は九条の態度が気に入らないと言うけれど、二人は似ていると思う。もちろん口が裂けても、遼には言えない。九条が、遼がカッコよすぎて張り合いたくなると言っていたことも内緒だ。それを言ったら張り合うのは百年早いと一蹴されるだろう。それだけならまだしも、また遼を調子に乗せてしまうことになる。

「あんな奴に気を許すなよ」

「わかってるけど、遼にも気を許したつもりはないわよ」

　遼は九条を気にしているけれど、九条は礼子の久志との一件を知らない。きっと知ったら今のような行動はしなくなるだろう。理由はどうであれ、結婚の直前に捨てられた女にいい印象など持つはずがない。

九条があきらめるのが早いか、誰かから噂を耳にするのが早いか、どちらでも構わない。ただ、知った結果あからさまに態度が変化したら、それなりに傷つくだろうとは思う。

こういうことを考えていると、いつもどうして自分だけがこんな気分にさせられるのかと思う。きっと今頃、久志は何事もなく新生活を楽しんでいる。そう思うと、ついため息がこぼれた。

運転席で前を見ているはずの遼が、礼子の考えていることなどお見通しだと言いたげに視線を寄こした。礼子の頭を左手でひと撫でして、すぐにハンドルに戻した。

「いい加減あいつのことは忘れろよ。たいした男じゃないやろ」

「わかってる」

そう思おうとずっと努力している。それでも一度は結婚しようと思った人。そう簡単に忘れることはできない。

ぼんやり考え事をしていたせいで、どこに向かっているのか気にも留めていなかった。フロントガラスから見える景色に見覚えはなかった。少なくとも、礼子の家の最寄り駅方面に向かっていないことだけはわかった。

行き先を聞いてみると、あっさり遼の家だと返事が返ってきた。そう聞いて、「はい、そうですか」とは言えなかった。まさか遼の部屋に行くことなど想像もしていなかった。

「聞いてない」と文句を言うと、今言ったと言い返されて言葉を失う。それでも黙っていてはそのまま遼の家に着いてしまう。もうすぐ三十歳になるとはいえ、一応嫁入り前の身だ。古い考え方かもしれないけれど、安易に男の部屋に行くわけにはいかない。

「心配せんでも襲ったりせえへん。それとも期待してたんか？」

「バカ。そんなわけないでしょ」

一気に恥ずかしくなって、顔が赤くなるのを感じた。礼子の反応を楽しんでいる遼が憎らしい。

よくよく話を聞くと、遼の家に向かっているのは、礼子に渡す書類が部屋にあるからだという。最初にそう言えばいいのに、わざと話の順番を逆にしているのは明白だった。

書類を渡すだけなら明日でもいいのにと思ったけれど、遼は明日、明後日と一日外出の予定で、できれば今日渡しておきたいとのことだった。しかも、あと少しで仕上がるから、部屋に上がって少し待っていてほしいと言う。

「まあ、すべて口実やけど。書類完成してたら、部屋に上がらずに外で受け取るやろ」

こんな風に仕事を口実にされたら、しかも正々堂々と口実だとバラされたら、もう笑うしかない。結局、遼の思惑どおりに言いくるめられてしまう。

途中で遼の行きつけだというレストランで夕食を済ませ、しばらく走って車が滑り込んだのは高層マンションの駐車場だった。周りには高級車ばかりが並んでいる。圧倒されていると、遼が「みんな見栄っ張りなだけだから」と言って笑う。

そんな遼も国産では最高級の車に乗っている。遼的には軽自動車でもいいらしいけれど、それでは社員のモチベーションが上がらないらしい。目標になるべき人には必要なものなのかもしれない。

助手席のドアを開けてエスコートしてくれた遼と一緒に、厳重なセキュリティをくぐってエレベーターに乗り込む。静かに上昇していく中、心臓が早鐘を打つ。遼は普段と変わらない様子で、何を考えているのか相変わらずわからない。

エレベーターを降りると、一番奥のドアに遼が鍵を差し込む。

「お邪魔します」と言いながら、黒く重厚な玄関ドアを入ると、目の前の景色に釘づけになった。玄関から真っすぐに延びた廊下の先に広いリビングがあり、一面すべてガラス張りにされた窓からきらきらした夜景が広がっていた。

「きれい……」

思わず窓に近づき、夜景に目を奪われる。

「気に入ったか?」

そういえば遼が一時期住んでいたホテルに行ったときも、こんな会話をした気がする。

「遼って夜景のきれいな部屋が好きなんだね」

「あのなぁ、礼子のために決まってるやろ。俺が夜景を見て感動してるとでも思ってんのか」

「違うの？」

「学生のとき、いつかきれいな夜景の見える部屋に住みたいって言ってたやろ」

　案外ロマンチストなところもあるのかと感心していたのに、まさか礼子のために夜景のきれいな部屋を借りているとは思わなかった。しかも学生の頃、今から七年以上も前に、礼子が思いつきのように呟いた一言を覚えていてくれているのだと言う。

　きれいな夜景の見える部屋に住みたい――。

　誰しも一度は思う夢。今でもいつかとは思っているけれど、その夢はまだ叶いそうにない。いや、一生そんな日は来ない気がする。

「俺が叶えたるって約束したやろ。だからここに住めばいいねん」

「そんなことできるわけないよ」

　あの時とは状況が違ってしまっている。遼もわかっているはずなのに、まだ認めようとしない。今は上手に笑えそうになくて、振り向けば、涙がこぼれそうだった。

　ジャケットをソファの背もたれにかけて、遼がシャツの袖をめくる姿が窓に映る。景色を眺めている間に、キッチンでコーヒーを淹れてくれるつもりらしい。背中だけで気持ちをくみとり、一人にしてくれるところもずるい。厄介な男に捕まってしまったと心から思う。

少しすると、コーヒーカップを手に、遼が礼子の横に立った。差し出されたカップを、お礼を言って受け取る。

一口飲んで驚く。今まで飲んだことのないほど苦いコーヒーだった。遼も隣で顔をしかめている。

ついさっきまでの感傷的な気持ちは一瞬で消え去り、吹き出しそうになる。なんでも器用にこなすくせに、コーヒーを淹れることだけは冗談かと思うほど苦手なようだ。大学時代はいつも淹れてあげていたので気づかなかった。

「次は礼子が淹れてくれよ」

「次があったらね」

そう簡単に遼の部屋に出入りするわけにはいかない。でも、もしその機会があったら望みどおり淹れてあげよう。欠点と言うには小さすぎるけど、完璧だと思っていた遼に弱点を見つけ、なんだか可笑しかった。

「書類、仕上げてくる。三十分もかからないと思うから。その間、リビングもキッチンも自由に使って」

照れ隠しもあるのだろう。遼は書斎とおぼしき部屋に姿を消した。

遼がいなくなったリビングで、もう一度窓から夜景を眺める。遮(さえぎ)る物のない景色はそれだけでとても贅沢な気分にさせてくれる。少し前から降り始めた雨のおかげで、ビルの明かりがきらきら光って、いっそう幻想的に見えた。

本当にこんな部屋に住めたらとも思うけれど、こうしてたまに見るからいいのかもしれない。そんなことを思いながら、すっかり苦さを忘れて、無意識にコーヒーを口に運ぶ。やはり強烈で、とても飲み切れそうもない。

キッチンに入り、冷蔵庫を開けてみる。食材は豊富で、牛乳もあった。さすが遼、ちゃんと自炊しているのだろう。

「牛乳いただきます」

聞こえないとわかっていながら呟いて、コーヒーの入ったカップに注ぎ足した。味見をしてみると苦みが抑えられて美味しくなった。カフェオレになったカップを持ってリビングのソファに腰を下ろす。座り心地が良くて、途端に睡魔が襲ってきた。

「礼子、そんなところで寝てたら風邪引くぞ」

「うん……わかってる」

「しょうがないな」

夢なのか、現実なのかわからない遼とのやりとりの記憶はおぼろげにある。気がつくと、ふかふかの布団をかけられて、見知らぬ部屋で目を覚ました。いったいここはどこだろうと、昨日の記憶をたどってみる。

会社を出てから遼に捕まり、夕飯をごちそうになった。お酒は飲んでいない。それから遼の部屋でコーヒーを飲みながら書類が出来上がるのを待っていた。あまりにもソファが気持ちよくて、急に睡魔が襲ってきて……。

ということは、ここは遼の寝室なのだろうか。九条ではないけれど、〃つい〃油断してしまったようだ。しかし、大きなベッドには礼子一人しかいない。

遼はどこにいるのだろうか。部屋を飛び出し、リビングに行ってみる。すると礼子が眠っていたはずのソファで、遼が毛布を掛けて眠っていた。

「遼……」

あどけない寝顔はあの頃のままだ。起こすのもかわいそうで、そのまま寝かせておくことにした。

静かにキッチンに入り、ベッドを占領してしまったお詫びに朝食を作る。冷蔵庫を開けて卵とレタスとトマトを取り出した。残念ながらパンが見当たらないので、仕方なくオムレツとサラダを作る。

オムレツには遼の好きなチーズを入れ、コーヒーは遼が起きてからスイッチを入れるだけにし、ベッドを貸してもらったお礼とコーヒーの淹れ方を書いたメモを残した。

もう一度遼の寝顔を見てから、テーブルの上に置かれた書類を持って部屋を出た。それにしても化粧をしたまま寝たのは何年ぶりだろう。もうそんなことが耐えられる歳ではない。帰ったらパックしようと決めてタクシーを停めた。

　土曜日の早朝ということもあり、道路は思った以上に空いていた。家に帰ってお肌の手入れをしていると、目を覚ました遼から電話がかかってきた。名乗る前に聞こえた遼の言葉は「勝手に帰るなよ」だった。思わず笑いそうになって慌てて堪えた。きっと笑えば拗ねてしまうだろう。

　学生の頃、遼の寝顔を見るのが好きだった。でも、今はその寝顔は別の人に見てもらうべきだと思う。

「まぁいい。朝食ありがとう。美味かったよ」

「よかった」

　遼の好きなチーズオムレツを作ったのは久しぶりだった。作り方を忘れていなくて礼子自身驚いた。料理は好きなほうだ。喜んでくれる人がいるならいくらでも作りたい。けれど、ただのお礼のつもりが、遼に期待させてしまったのかもしれない。そう気づいて少し反省した。遼に料理を作る役目は七年前に終わったのに、悪い癖が出てしまった。

「次は？」

　また、遼は未来を期待させる言葉を口にする。無理だとわかっていても、少しずつ気持ちが揺れ動いてしまう。どれだけはぐらかしても、遼は決してあきらめない。

「……次はないわ」

「相変わらず強情やな」

「そうよ。私は言い出したら聞かないの。だからあきらめて」

いつもの無限ループに突入してしまった。これ以上話していても終わらない。

「とりあえず書類は受け取りました。ありがとうございます」

「わかったよ」

小さくため息が聞こえたような気がしたけれど、気づかないふりをしてやり過ごす。

心の中でごめんねと呟いて電話を切った。


数日後の仕事中、コーヒーを買おうと休憩室に向かった。礼子は、聞こえてきた声に思わず入り口の横で立ち止まった。耳に入った内容が内容だけに、中に入ることを躊躇した。休憩室なのだから、誰がいても構わない。けれど自分のことが話題になっているのは気分のいいものではない。話をしている一人は九条のようだ。相手は九条の同期と、声からして、その教育係の船井(ふない)だろう。船井は礼子の同期の男性社員だ。

どうやら九条は、礼子に嫌われているかもしれないと心配して彼らに相談しているらしい。いつも発言は大胆なくせに、意外と気にしやすい性格のようだ。船井はどう返すのだろう。他人の悪口を言う人ではないので、この話題は返事に困ると思う。

　船井は、礼子は九条を嫌っているわけではないと力説し始めた。迷惑をかけられている礼子としては、いっそ嫌っていることにしてもらってもよかったのだが、話に割って入ることもできない。

「藤尾さんは九条を避けてるっていうか、男を避けてるっていうか……」

「男嫌いなんですか」

　男嫌い――。さすがに極端な表現だけれど、できるだけ男性社員と接触しないようにしているのは事実だ。これ以上、トラブルは抱えたくない。

　黙って聞いていると、九条の同期が何も知らずに茶化している。男嫌いなんてもったいないだとか、結構好みのタイプだからショックだとか。低俗な方向に話が進むなら、今度こそ割り込もうと思った。

「男嫌い……ではないと思う。でも、人それぞれいろいろあるだろ」

　言いにくそうにしている態度で理解しろよ、と船井が言っているように聞こえる。けれど新入社員たちには通用しないらしい。これがゆとり世代なのだろうか。

「なんですか、そんな曖昧な言い方、やめてくださいよ。礼子さんに何かあったなら教えてください」

　黙ってくれている船井に悪い気がして、もう全部言ってくれてもいいのにと思う。同期だからといって、彼に礼子をここまでかばう理由もない。

「船井さんだって、礼子さんを狙ってたこともあるって言ってたじゃないですか」

「そうだけど、彼女を狙ってたのは俺だけじゃないからな。それに俺はフラれたわけじゃないし」

九条の発言に、礼子は少なからず驚いた。そういえば、船井には一時期よく食事に誘われていた。単に同期だからと思っていたけれど、そういうことだったのか。いまさら聞かなくてもいいことを聞いてしまった気がして、さらに出て行けなくなってしまった。

船井が言い渋るせいで、九条の同期の妄想が、礼子がストーカーにつきまとわれていたのではないか、DVに遭っていたのではないかなど、どんどんエスカレートしていく。

これ以上かばっても無駄だと思ったのだろう。船井は困ったような深いため息をつくと、あきらめたように口を開いた。

「俺が言っていいのかわからないけど、彼女、結婚が決まってたのに破談になったんだよ」

「破談、ですか。でもそんなのよくあることじゃないですか」

「いや、ちょっとややこしいっていうか、社内恋愛だったんだけど、常務の娘に横取りされたんだよ。そいつは転勤になって何事もなかったように働いてるんだけど、藤尾さんは居心地の悪いこの場所から逃げ出すこともできず、頑張ってるんだよ」

「最近の話ですよね？　常務の娘と結婚して関西に栄転した人がいるって聞いたことあ

ります」

「そう。だから、そっとしておいてやれよ。他人がとやかく言うことじゃない」

これでとうとうすべて知られてしまった。しかし、これでしつこかった九条もおとなしくなってくれるだろう。話を聞かれていることを九条は知らないのだから、こちらからは今までどおり接すればいいだけだ。

礼子はコーヒーをあきらめて席に戻ろうと踵を返した。

「なんだ、そんな理由だったんですか」

「えっ？」

隠れていたのに、思わず声を出してしまった。

いまさら口を手で覆ったところで遅い。声に気づいて入り口に顔を出した九条が礼子を見てすごく驚いている。噂の張本人がいるのだから当然だ。

「礼子さん、こんなところで何してるんですか？」

「ちょっとコーヒーを買いに来ただけなんだけど、あなたたちのおかげで買えなくて困ってたの」

「俺は別に告げ口しようとしてたわけじゃないからな」

バツが悪いのか、船井が礼子と目を合わせずに言う。

「わかってます。事実だから怒ってません」

こそこそと噂話をされるのはあまり嬉しくないけれど、自分が蒔いた種だから仕方がない。それにものすごくかばってくれていたと思う。

「俺、礼子さんが俺のことを嫌いなわけじゃないし、男嫌いなわけでもないってことがわかって嬉しいです」

最近〝礼子さん〟って呼ぶようになったと思ったら、今度は〝僕〟じゃなくて〝俺〟？

礼子は自動販売機にお金を投入しながら言った。

「だけど、私がどうして九条君とあまりかかわろうとしないかもわかったでしょ。もう放っておいてもらえると嬉しいんだけど」

憐れみの目で見られるよりはマシだけれど、婚約者に逃げられたばかりで落としやすいと思われているなら心外だ。

礼子と九条のやり取りを横目に、船井と九条の同期はそそくさとオフィスに戻っていった。

「俺、礼子さんが好きですよ」

「そう、ありがとう」

好きと言われて嫌な気はしない。ここで嫌味を言うほどスレてもいない。けれど仕事中に休憩室で、自動販売機に手を伸ばしているときに、後ろから告白されても心は躍らない。

「俺と付き合ってくださいよ」

「さっきの話、聞いてなかったの？　結婚が破談になって、もう男はこりごりなの」

　立ち上がって振り返ると、新入社員として配属されてきた日以来の真剣な顔をした九条と目が合った。

「そんなのもう終わった話じゃないですか」

「そうね。たしかに終わった話だけど、人の気持ちってそう簡単に切り替えられないのよ」

　久志に未練はないけれど、じゃあ次と言えるほど強くない。

「俺が忘れさせてみせますよ」

「ずいぶん強気なのね」

「強気な男のほうが好きでしょ」

　そんなときもあった。いや、今も好きだと思う。優しくても気弱な人よりも、少しくらい強引な人のほうが心惹かれる。思い浮かんだ顔にこっそり苦笑いを浮かべた。

「新入社員は、恋愛よりまず仕事を覚えたほうがいいんじゃない？」

「わかりました。必ず仕事ができるようになって、もう一度告白しますから」

「頑張って」

「頑張ります」

九条をその場に残して缶コーヒーを手にオフィスに戻る。コーヒーを一本買うだけのためにかなりの体力を消耗した。いつものブラックにしてしまったので、今はもっと甘い飲み物にすればよかったと後悔した。

やりかけていた仕事の続きに没頭していると、急に麻美が椅子ごとスライドしてきて耳打ちした。

「九条君に告白されたんだって？」

「だ、誰に聞いたんですか？」

思わず大きな声を上げそうになる。あの場所には礼子と九条しかいなかったはずだ。しかし本人から聞いたとすぐ種明かしされて、一気に脱力してしまった。どうしてそんなことを他人に話すのか、まったく理解できない。

「でも、今のところ私にしか言ってないみたいだから許してあげてよ」

「それならいいですけど……」

どうせ様子がおかしかった九条から、麻美がうまく聞き出したのだろう。ただ、間違っても遼には聞かせられない。麻美には、万が一、遼から何か聞かれても、この話題には触れないように口止めした。

それにしても九条の口の軽さに、高校生かと言ってやりたい気持ちを抑えて、コピー中のその姿に視線を向けた。すると、ちょうどこちらを向いて目が合った。九条が小さく手を振る。

「で、なんて返事したの？」

「決まってるじゃないですか、男はもうこりごりだって言いましたよ」

「そんなのもったいない。まだ若いけど九条君も将来有望で悪くないし、関口社長に至っては、この先逆立ちしたって二度と現れない人よ」

遼が礼子の前に現れたのは実は今回で二度目だけれど、そのことにはあえて触れない。

「条件で人を好きになるわけじゃないですから」

「そうだけど、このまま一生一人なんてもったいないと思うな」

大きなお世話だと言いたいところだけれど、麻美には久志と付き合っている頃にも相談に乗ってもらっていた。ただのミーハー心だけではなく、本当に心配してくれているのだからいらぬお世話だとは言えない。

「そういう先輩はどうなんですか？　彼氏とずいぶん長いじゃないですか」

礼子のことよりも自分のことを優先してほしい。もうずいぶん長くお付き合いしている人がいて、同棲中だと聞いている。

すると、思わぬ返事が戻ってきた。

「先月入籍したわよ」あまりにあっさり言われて、一瞬、聞き逃すところだった。

「だから藤尾さんにも幸せになってほしいの」

そう言われたらもう何も言えない。麻美によれば、籍を入れただけで式も披露宴もしなかったらしく、職場でも、課長と人事部にしか報告していないとのことだ。

きっと、礼子が大変な時期だったから遠慮したのだろう。でも、できれば言ってほしかった。自分のことは差し置いてもお祝いしたかったというのが本音だ。

「結婚がゴールだなんて思ってないし、一人で幸せっていうのもあると思うけど、ちゃんと前を向いてほしいの。本当に藤尾さんのことは妹みたいに思ってるんだから」

新婚の幸せオーラをまき散らしながら言われたら反発したくなるけれど、本当の姉に言われているようで素直にうなずける。

「ありがとうございます」

「今すぐっていうのはちょっと難しそうだから、ゆっくりでいいのよ。いろんな人に会って、もう少し視野を広げなくちゃ」

たしかに麻美の言うとおりかもしれない。今すぐ新しい恋をするかどうかは別として、もっと自分らしく生きていいはず。周りの目を気にして、かなり憶病になっていた。すぐに久志を思い出すこともそろそろ終わりにしなくてはいけない。

「ね、試しに俺と付き合ってみるってどうですか？」

今ゆっくりでいいと麻美が言っていたのを、九条は聞いていなかったのだろうか。コピーから戻ってきた九条は、どこから話を聞いていたのか知らないけれど、勝手に話に入ってきた。

「試しになんて誰かと付き合うものじゃないの」

　それに三十路手前の礼子と違って、九条はまだ二十三歳。まだまだ結婚を意識する歳でもないし、今から遊びに付き合うほど礼子も若くはない。本人は気がついていないかもしれないけれど、若い女子社員からもなかなか人気がある。ここは同年代同士でうまくやってくれたほうが、面倒なやっかみを受けずに済む。

「わかってますよ、まずは仕事でしょ。でも、仕事にうつつを抜かしてる間に、礼子さんが結婚なんてしたら困りますから」

「仕事にうつつを抜かすって、どっちが大事なのよ」

「仕事はなんでもありますけど、礼子さんは一人しかいませんからね」

　新入社員のくせに生意気なことを言う。

「ありがとう。そんな風に言ってもらえるのは嬉しいけど、早くそれ片づけないと、今日も残業だからね」

「はいはい、仕事しますよ」

「はい、は一回でいいの」

「は～い」

　少し不満そうに九条はデスクに戻っていった。入社したばかりの頃に比べて職場に慣れてきたのはいいことだけれど、ちょっと気を緩めすぎている気がする。特に礼子に対して気安すぎる。そこが憎めないところでもあって、麻美から可愛がられる資質を生まれ持った油断できないやつだ。

「ここまで藤尾さんに懐くなんて可愛いじゃない。それに柴田君のことを知っても変わらないんだから、少しは認めてあげたら」

「まあ懐くのはいいとして、気安すぎるのは問題です」

周りで礼子に気を遣いすぎている人たちがたくさんいる中、九条みたいな人はある意味貴重だ。けれど、あの場のあの重い空気を知らないからこその言動だとも思う。どうしても素直には受け入れられない。

「私の大事な藤尾さんが、そう簡単に落とされても困るんだけどね」

麻美は再び椅子をスライドさせて自分の席に戻っていった。冗談なのか本気なのかよくわからないけれど、もう少し安心してもらえるようにならなくてはいけない。仕事を始めた麻美を横目に結婚のお祝いを考えつつ、心配をかけないことが何よりのお祝いになる気がした。

その夜、仕事の後にいつもどおり会社の前で遼に捕まり、いつもどおり夕食を一緒に取っていた。メインの皿が運ばれ、フォークを手に取ったところで、遼から爆弾発言が飛び出し、手を止めた。

「そういえば、今日新入社員に告られたらしいな」

「ど、どうして遼まで知ってるのよ？」

思わずフォークを落とすところだった。九条が話したのは麻美だけだと聞いていたのに、遼が知っているとは計算外だった。

しかも誰から聞いたかと思えば九条本人から聞いたという。礼子が席をはずしているときにかけた電話に、ちょうど九条が出たらしい。なんと言ったのかは定かではないけれど、宣戦布告に近い発言をしたようだ。

どうりで、今日は少し遼の機嫌が悪い気はしていた。それにしても、仕事の電話を受けてそんな話をするとは、明日九条にしっかり説教しておかなくてはいけない。

礼子ならライバルに手の内を話したりはしない。それは仕事でも恋愛でも同じことだ。ますます九条が何を考えているのか理解できなくなった。やはりまだ子供なのだろうか。

九条に宣戦布告された遼は引き下がる気はないらしい。どう考えても一番怒らせてはいけない相手を怒らせた。遼は正々堂々と叩きのめす気でいるらしく、自信満々な笑みを浮かべた。

「別に私が遼と九条君のどちらかを選ぶ必要ってないと思うんだけど。世の中の半分は男性なんだし」

「世の中の男の三分の二は確実に老人か未成年で、残りの三分の一のうち、半分近くは既婚者やけどな」

「あ〜、すぐそうやって夢を壊すようなことを言う。わかってるわよ、その中で婚約者に捨てられたアラサーの女を選ぶような人はそうはいないってことくらい」

自分で言っていて悲しくなってきた。遼は話の中に久志の名前が出なくても、久志を連想する言葉が出るだけで心底、嫌そうな顔をする。

「あんな見る目のない男に礼子が引っかかったのは俺のせいや」

最近の口癖になりつつあるセリフを遼が言う。

遼を忘れるために久志と付き合った。そう遼は信じている。礼子が自分から久志に好意を寄せるとは思えない、と。あながち間違ってもいないけれど、それを認めるのはしゃくだった。それに一度は結婚まで決めた相手なのだから、久志にも失礼すぎる。

どれだけ否定したところで遼が納得する材料を並べることなどできないし、並べたところで納得などしない。こういうときは降参するに限る。

「はいはい、好きなように思ってください」

「一応、九条やっけ？　見る目があることだけは認めたる。俺の礼子に惚れるくらいやからな」

「誰が遼のものだって言ったのよ」

「俺」

　その一言に反論する気も失せた。半分冗談みたいな会話でむきになることもない。さっきと違って遼も少し頬を緩めている。

　最後に運ばれてきたチーズケーキにフォークを刺した。口に運ぶと甘くて柔らかな口どけに礼子の頬も緩み、無意識に美味しいと呟いてしまう。

「その幸せそうな顔に免じてこの話は終わりや」

　遼の声は相変わらず甘い。このチーズケーキよりもずっと……。

　食事を終えて、遼の車に乗り込もうと駐車場へ向かうと、強い風に乗って桜の花びらが舞い散った。

　久志と別れてから、仕事でごまかすような日々を送っていた。忙しさのせいで季節まで忘れていたような気がする。

「少し散歩でもしようか」

「うん」

　学生の頃、桜が咲いていた時期はよく大川沿いの桜並木を二人で歩いた。講義の合間には造幣局の桜の通り抜けにも行き、大学の桜の下ではお弁当を食べたりした。桜にはいい思い出が多い。記憶にないファーストキスも、記憶にあるファーストキスも春だった。入学式の頃の出来事は、今となってはいい思い出だ。

レストランから少し歩いて見つけた小さな公園に、大きく枝を広げた桜の木が並んでいる。街灯が照らす薄桃色の花びらがきれいだ。真下から見上げると、桜の木に包まれているような気がする。

「礼子」

ふいに名前を呼ばれて振り返る。桜に気を取られていたせいで、遼の存在をすっかり忘れていた。気がついた時には温かい腕に抱きしめられて、柔らかい口づけを受けていた。

押しのけるタイミングを逃し、少しの間、呆然と立ち尽くす。けれど遼の唇はあっさりと離れていった。つい離れていく唇を目で追ってしまい、遼と目が合う。

「目くらい閉じろよ」

「不意打ちだったから……」

「ま、殴られへんかっただけマシか」

そう言われて、殴るという選択肢もあったことに気づく。でも、思いつきもしなかった。そっと胸を押し返すだけで精いっぱいだった。

「こういうこと、簡単にしないで」

「簡単にしたつもりはないけど。これでも礼子相手やと緊張すんねんで」

「他の人なら緊張しないの？」

意地悪な質問だと思う。礼子が消えてから女性と一切かかわっていない、などと言われてもウソに決まっている。遼ほどの男が放っておかれるはずがない。

「他の女には興味はない」と言われて、素直に安堵している自分がいる。遼もそれをわかって言っているような気がする。礼子のことはすべてお見通しだとその目が語っている。

恥ずかしさを隠すように礼子は踵を返した。その瞬間、もう一度吹いた風が熱を持った身体を一瞬で冷やした。さっきまで、遼の腕の中にいたから余計に冷たく感じる。スプリングコートだけでは、春でもまだ、冷え込む夜の気温には勝てそうにない。

「そろそろ帰ろう。風邪引くぞ」

「うん」

近くの駐車場に停めていた遼の車に乗り込んだ。

第五章　素直になれたら

大阪支社に転勤して数カ月経ち、久志はようやく新しいオフィスにも慣れ始めていた。転勤当初、周りは本社の常務の娘と結婚した久志を快く思わなかったようでかなり冷ややかな視線を送られた。それを跳ね返すには実績を上げるしかない。久志はがむしゃらに仕事をこなし、成績を上げてようやく受け入れてもらうことができた。

仕事は順調だった。大阪の言葉にはまだ慣れないが、本社にいたときのようにやりがいもでてきた。三年後には出世して本社に戻るつもりでいる。なんといっても常務の後ろ盾がある、これ以上確実なことはない。

礼子との結婚を破談にしてまで、由香里と結婚する必要があったのか。それを聞かれると今はうまく答えられない。しかし、あの時はそれしかないと思っていた。礼子が昔の恋人と浮気をし、裏切られたと思っていた。本当はどうだったのだろう。裏切られていたのか、それとも裏切ったほうだったのか。結局、誰にも聞けないまま転勤して、そのまま結婚して今がある。

礼子にごめんと送ったメールの返事は、さよならの一言が返ってきて終わった。もっと責められるかと思ったが、最後まで礼子は礼子のままだった。

けれど、そんな感傷に浸っている場合ではなかった。久志には今新たに抱えている問題がある。それも新しく持ったばかりの家庭に……。

結婚前は和食が得意だと言っていた由香里だったが、いざ結婚してみたら料理はほとんどできなかった。一日何をしていたのか聞いてみると、映画にショッピング、雑誌に載っていたレストランでランチ、だそうだ。

今回の人事異動で多少久志の給料は上がったものの、そんな優雅な生活を続けられるわけがない。たぶん父親から小遣いでももらっているのだろう。

日ごとに散らかっていく部屋。ワイシャツは独身時代同様自分でクリーニングに出している。しわのついたワイシャツを着ていくわけにはいかないし、アイロンで焦がされたら大変だ。

最初から完璧など望んでいなかったが、さすがにひどい。こういうとき、いまさらながら礼子の存在を思い出す。

礼子は自分も仕事が忙しいのに、久志の部屋の片づけまでしてくれた。料理も上手だった。少し口うるさいところがあったものの、今なら久志のために言ってくれていたのだとわかる。

逃した魚は大きいと言うけれど、本当かもしれないと最近思うようになった。

会社から帰ると、玄関の前ですでに妙な香りが漂っていることに気がつく。中に入ると、キッチンには難しい顔をして料理と格闘している由香里の姿があった。何を作っているのか見ただけではわからないが、どうやらスペイン料理に挑戦しているらしい。好き嫌いの多い久志にとって、箸をつけにくい料理ばかりが並んでいる。和食もまともに作れないのに……とは、常務の娘に対して口が裂けても言えない。

「今日はね、マドリード風の煮込み料理とピンチョスを作ってみたの。これはガスパチョ」

由香里は得意げにテーブルに料理を運びながら、最近料理教室に通い始めたと言った。そんなことは初めて聞いた。相談してくれたら、間違いなく和食の教室を勧めただろう。それでも健気(けなげ)に久志の友達をもてなす練習をしていると言われたら、反論するわけにもいかなかった。ネクタイを取ってワイシャツの袖を折り返すと、キッチンに散らかった料理道具を集めた。

どうしたらこんなに散らかせるのかと思ってしまう。礼子はキッチンをいつもきれいに使っていたから、つい比べてしまうのかもしれない。

こうして日を追うごとに、久志は由香里との結婚は失敗だったかもしれないと思うことが多くなっていった。しかし、自業自得だと笑われるのがおちだと思うと、誰にも打ち明けることができない。

残業しながら、よく礼子のことを思い出す。彼女は今頃どうしているだろう……。たまに本社に電話をかけると、船井が礼子の様子を教えてくれる。今はずいぶん立ち直ったと聞いているが、久志の転勤が発表された日は見ていられなかったとも聞いた。少し痩せたかもしれないと言われて、飛んで帰りたくなる。けれど、そんな資格は自分にないこともよくわかっている。

早く元気を取り戻してくれればいいと思う。そんな目に遭わせた本人が口にできることではないが……。

久志はそう思い、よくわからないスペイン料理を口に運んだ。


少し穏やかな日常が続くと、なぜかそれを壊すように何かが起こる。

礼子が久志のことを考えずに済むようになって数ヵ月が経ち、新しい仕事も軌道に乗り始めた矢先のことだった。その人は台風のようにやってきた。

「藤尾さん、ちょっと聞いてくださいよ」

コーヒーを買おうと休憩室に立ち寄ったとき、礼子は聞き慣れた、でも二度と聞きたくない声に呼び止められた。聞き間違いであることを願ったけれど、それは通じなかった。

「……どうしたの？　こんなところで」

そこにいたのは、礼子から久志を奪って大阪についていったはずの由香里だった。

「今日は父に用があって東京に来たんですけど、藤尾さんに相談があってちょっと寄ってみました」

そう無邪気に言うけれど、そんな間柄になった覚えはない。しかもどうせ久志の話に決まっている。どういう神経で礼子に相談しようなどと思えるのだろう。

「悪いけど、今忙しいから、また今度にしてくれる」

せっかく穏やかな日常が戻ってきたのに、また心を乱されてはたまらない。できるならもう二度と声も聞きたくないし、顔も見たくない。存在自体を記憶から抹消したい。

「私、大阪に住んでるんですから、今度はいつになるかわからないじゃないですか。私から課長にお願いしてきますから、ちょっと時間作ってくださいね」

あなたにどれほどの力があるのかと言ってやりたい。けれど、常務の娘に反論したところでどうにもならないことはわかっている。きっと課長の許可を取って戻ってくるだろう。

課長の元へ駆けていく後ろ姿を見ているだけで頭痛がする。こめかみを押さえてソファに座り込み、買ったばかりのコーヒーを額に当てて頭を冷やす。それからプルタブを開けて一口飲んだ。

　一息つく前に廊下をパタパタと音を立てて走る音が耳に届いた。急いで麻美に『適当なところで救出してください』とメールを打った。きっと麻美なら意味を理解してくれるだろう。すかさず『了解』と返事が返ってきた。これで長話に付き合わされる心配はないだろう。

「藤尾さん、お待たせしました。課長にＯＫもらってきました」

　相変わらずのぶりっ子を装ったその笑顔に見ているほうが疲れる。近くのカフェでお茶でもしながら話したいと言う由香里に、さっき開けたばかりの缶コーヒーを見せた。それでも強引に誘うなら、無視して仕事に戻るつもりだった。

　しかし、さすがにそこまでわがままは言わないらしい。由香里は不服そうにしながらも、礼子の横に座った。

　けれども、珍しく由香里はなかなか話し出さない。

「……どうかしたの？」

　と、しびれを切らし、聞いてみる。決して興味があるわけではないけれど、さっさと話を聞いて、仕事に戻りたい。とりあえず、のろけ話の一つや二つ聞く覚悟はできていた。

「……久志さん、好き嫌いが多くて、一生懸命料理してもあんまり食べてくれないんです」

案の定、最初に由香里の口から出てきたのは、のろけとしか思えない久志への不満だった。

久志が偏食だということは、結婚する前からわかっていたはずだ。自分が作った料理なら食べるとでも思っていたのだろうか。

「久志はニンジンとかピーマンとか食べないし、変わった料理は嫌がるわよ。家庭料理が一番いいと思うけど」

不本意だけれど、久志が今までよく食べた料理を提案する。ニンジン抜きの肉じゃがにハンバーグ、同じくニンジン抜きのカレーライスは特に好きだった。

由香里が料理教室に通っているというので、教わったメニューを聞いて言葉を失った。礼子の助言が役に立つとは思えないものばかりだった。

きっと由香里は久志の好物であるおでんなど、食べたことがないだろう。味の染みた大根の美味しさを知らないのは少しかわいそうな気もする。

いずれにしても、この問題は二人で話し合ってもらうしかない。久志も遠慮して食べたいものを言わないのが悪い。

これで義務は果たしたと思い、仕事に戻るため立ち上がろうとすると、由香里に手を掴まれて、もう一度ソファに引き戻された。

「待ってください。それよりも、もっと深刻な問題があるんです」

由香里は先ほどまでとは打って変わって、今までに見たことのないような真剣な目をしている。何かとんでもないことを言われそうで礼子は怯む。

食事が合わないこともかなり問題だと思うけれど、それよりも深刻な問題とはなんだろう。もしかして、結婚したら久志の性格が豹変したとかだろうか。まさかＤＶ……。

礼子と付き合っていた頃は、そういうことは一切なかった。

「深刻な問題って？」

「お恥ずかしいんですけど、夜、その……礼子さんの名前を呼ばれたことがあって……」

「……」

言葉を失った。いわゆるそういうときに久志は、由香里を目の前に、礼子の名前を呼んだということなのだろうか。

まさかそんなことがあったとは想像もしていなかった。罪悪感なのか、未練なのか、それとも、完全に拭いきれない想いがつい口を突いて出たのだろうか……。

その出来事がなんでも思いどおりになると信じて生きてきた由香里を苦しめている。なんという皮肉だろう。礼子を捨てて二人で幸せに暮らしていると思っていた。言い方は悪いけれど、辛かった気持ちが晴れたような気がする。

由香里が珍しくうつむいて鼻をすすっている。不覚にも情に絆（ほだ）されてしまった。

「なんて言っていいのかわからないけれど……、辛かったね」

そう言った途端、由香里は勢いよく顔を上げると、鬼のような形相で礼子を睨みつけた。慰めの言葉を言ったつもりだった礼子には、睨まれる理由がわからない。

「もしかして藤尾さん、今でも久志さんと連絡取ってるんじゃないんですか？」

どこからそんな発想が生まれたかと、また驚く。被害妄想もここまで来れば立派だ。

「そんなわけないでしょ。久志が……柴田さんが転勤になってから一度も連絡なんてしてないし、連絡先も全部消したの。あなたたちの思いどおりよ。私が責められる覚えはないわ」

人の婚約者を奪っておいて、うまくいかなかったらまた人のせいにするとは許せない。礼子がどんな想いで今まで生きてきたか、考えたこともないのだろう。

「だって、最近寝言でも〝礼子〟って呼ぶんですよ。私が横に寝てるのに。スマホだってロックがかかっていて見られないし、疑いたくもなるじゃないですか」

人のスマホを見ようとするのはどうかと思うけれど、そこまで追い詰められているということなのだろう。疑われたままでは気分が悪いので、潔白を証明するために、礼子は自分のスマホをポケットから取り出した。

もう二度と由香里に会うことなどないと思っていたし、別れてから一度も久志からの連絡はない。もちろんかけたことも一度もない。どんな手を使って調べてもらっても、やましいところなど一つもないのだから、好きなだけ調べればいいと思った。

詳細までは相手のプライバシーもあるから見せられないけれど、通話履歴やメールの履歴、アドレス帳も全て見せた。もちろん、そこに久志の名前はない。

しかし、そこまでオープンにしても、被害妄想にとりつかれている由香里の疑いは晴れない。

「はっきり言っておくけど、あなたたち夫婦の問題を私のせいにされるのは心外だわ。自分たちが私にしたことをもう一度思い出してみなさい」

無理を言って親の力を使ったのに、人の心の奥深くまでは思いどおりにできなかった。そういうことだ。

そこでようやく礼子のスマホが鳴った。正直言って、もう少し早くかけてほしかった。興奮した気持ちを落ち着けるように、一度深呼吸をして電話に出た。

「はい、藤尾です」

「石川ですけど、そろそろ戻ってきてもらえる？　で、よかったかしら？」

「はい、すぐ戻ります」

笑いそうになるのを堪え、通話を終えて由香里に向き直る。

「そろそろ仕事に戻らなくちゃ。もう二度と私にかかわらないで」

無言でうつむいている由香里を残して休憩室を出た。

これでよかったのだ。そうしないと、いつまでも由香里は礼子と久志の関係を疑ったまま苦しむことになる。もう礼子と久志が関係ないのは、紛れもない事実だ。はっきり言ってあげたほうが、彼女の心配も少しは軽くなるはずだ。

それにしても、ベッドで自分以外の名前を呼ばれた由香里がどれほどショックを受けたかと思うと、久志の罪は重い。

デスクに戻ると麻美が興味津々の様子でやって来た。協力したのだから話せと顔に書いてある。

「園田さんからのろけ話を聞かされて、撃沈して帰ってきた私にそんな仕打ちするんですか？」

「撃沈した顔には見えないけど」

さすがは年の功だ。簡単にはごまかしきれない。けれど、久志夫婦の夜の話は、さすがに相手が麻美でも話せない。できることなら、礼子だって聞きたくなかった。

「もう思い出したくないのでこの話は終わりにしましょう。早く仕事終わらせないと残業になっちゃいますから」

「残業になったら課長に手伝ってもらえばいいのよ。課長が抜けていいって言ったんだから」

麻美がわざと課長に聞こえるように大きな声で言うから、課長が居心地悪そうに咳ばらいをした。

「先輩も仕事に戻ってください。気が向いたら話しますから」

「また、そうやってはぐらかす」

納得はいっていないようだが、麻美は渋々自分の席に戻っていった。

しばらくして、課長が様子を探りがてら、コーヒーを差し入れにやってきた。そんな気を遣うくらいなら、由香里を突っぱねてくれればよかったのにと思うものの、それをできないのが課長のいいところでもあるのだから、あきらめるしかない。

結局、残業になる寸前に仕事を終えて、無事定時に退社した。ビルの外に遼の姿はなかった。今日は特に会いたくなかったので安堵する。

真っすぐ部屋に帰り、ゆっくりお風呂に入ってリフレッシュする。けれど、お風呂から上がったタイミングでキッチンに置いてあったスマホが電話の着信を知らせた。画面を見ると、未登録の番号からだった。

遼の番号はすでに登録済みなので彼ではない。誰だろうと思いつつ、のん気に電話に出た。

「俺……」

その声は忘れもしない久志のものだった。

リフレッシュした気分が一瞬にして彼方（かなた）に消える。そのまま切ろうとしたけれど、引き留める声に踏みとどまった。

「何か用？」

別れてから今日まで、久志からの連絡は一切なかった。いまさらなんだというのだろう。イラつく気持ちを落ち着かせるために、冷蔵庫からビールを取り出した。

久志は特に用があるわけじゃないと言いながら、何か言いたそうにもじもじしている。用件があるなら、さっさと済ませてほしい。こちらから話しやすい雰囲気にしてあげるような義理はとっくにないはずだ。

「やっぱり俺、間違ってた」

「知ってるわよ。だからってなんなの？　あなた、結婚したのよ」

歯切れの悪い久志の言葉にイライラが募る。プルタブを起こして冷えたビールをのどに流し込んだ。

「そうなんだけど……」

なんだか週刊誌で読んだことのあるようなシチュエーションだ。結婚後も元カノと関係を続ける男というのは、こういう感じなのだろうと思った。

もし久志がそう考えて電話してきたのなら、ずいぶん甘く見られたものだ。放っておいたら〝いつか別れるから〟などと言い出すのだろうか。〝待ってる〟と答えるわけがない。久志といい、昼間の由香里といい、見くびるのもいい加減にしてほしい。

「私に何を言ってほしいの？〝奥さんと別れて私のところに戻ってきて〟とでも言うと思ってるの？　冗談じゃないわ」

「そう、だよな」

そもそも久志に、出世を棒に振ってまで由香里と別れる勇気などあるはずがない。

腹立ち紛れに勢いよくカウンターに置いた缶からビールがこぼれる。一度は久志と本気で結婚しようと思っていたのがウソのようだ。今は破談になってよかったとさえ思う。

久志には久志の悩みがあるのだろう。それはわかる。けれど、由香里の悩みには気づかずに、自分だけ悩んでいる気になっているのもどうかと思う。

由香里が悩んでいることを、久志に言っていいものだろうか。もちろんベッドの上で久志が礼子の名前を呼んだ話は、口が裂けても言えない。きっと由香里が礼子に会いに来たことも知らないだろう。

そこまで考えて、礼子は気づいた。今日、由香里は東京にいて、久志は大阪で一人だから礼子に電話をかけてきたに違いない。しかし、由香里の身になれば、夫が自分の不在時を見計らって、元カノに電話をかけているなんて、これ以上の裏切りはないだろう。久志のあまりの無神経さに、顔も見たくないと思っていた由香里のことが気の毒に思えてくる。

「久志は仕事があるけど、奥さんは知り合いもいなくて、寂しい思いをしてるかもしれないでしょ？　そういうこと、少しは考えてあげたら？　彼女なりに頑張ってると思うよ」

一番の被害者にこんなことを言わせないでほしい。

「ごめん、俺、自分のことばかりで」

「そうよ、自分で選んだ道なんだから責任取りなさい」

礼子も気持ちを切り替えたのだ。ここはもう久志の帰るべき場所ではない。久志自身が踏ん切りをつけないと誰も救われない。

「もうかけてこないで」

そう言うのが精いっぱいで、礼子は電話を切った。これ以上、礼子に言えることはない。せっかくお風呂で温まったのに、すっきりした気分が台無しだ。飲みかけのビールは生ぬるくなってしまった。

苦みが際立つビールの残りを、立ったまま一気に胃に流し込む。これで全部忘れてしまおう。リビングに移動してソファに深く座ると、ため息がこぼれた。

これでよかったのだと思う。礼子に未練はない、そう二人がわかってくれればいい。損な役回りだけれど、ほかにいい方法は浮かばなかった。

もし今の会話を遼が聞いていたら、褒めてくれただろうか。そんな風に思ってからふと可笑しくなった。自分は遼に褒めてほしいと思っているのか、と。あんなに拒絶しておきながら、ふとしたときに思い出してしまう。絶対に戻れない場所なのに……。

少し酔っているのかもしれない。

もう乗り越えたと思っていたのに、その夜は胸の痛みが消えてくれなかった。


翌日、打ち合わせはランチをしながらがいいと言う遼と、いつものカフェで待ち合わせた。オープンテラスのテーブルには白いクロスがかかっていて、端が静かに風に揺れている。

「昨日は大変やったらしいな」

顔を合わせて第一声がそれとはどうかしている、と礼子はうんざりした。朝、気持ちを切り替えて出てきたというのに、どうして遼はなんでも知っているのだろう。由香里が相談を兼ねて遼に連絡をしているとしか思えない。彼女もそろそろ遼から卒業したほうがいいと思う。

仕事中だというのに、昼間からワインを注文しようとする遼を止めた。昼間からオープンテラスでワインを飲むという優雅なランチには正直憧れる。だからといって、仕事中に飲むわけにはいかない。結局、二人ともコースのランチを注文した。

注文を受けた店員が店内に戻っていくと、遼がおしぼりで手を拭きながら「旦那も大変やな。まあ自業自得やけど」と、礼子に微笑みかけた。

遼なりに労わってくれたつもりだったのだろう。けれど、昨夜の久志との電話でのやり取りを思い出して、とっさに返事ができなかった。

そのわずかな心の揺れを、遼は見逃してくれない。礼子の顔をのぞき込むと、小さくため息をついた。

「〝離婚するから待っててくれ〟とでも言われたんか?」

その鋭さに動揺して、手元のグラスを倒しそうになる。下手な言い逃れは通用しないだろう。

「そんなこと言わせないわ。ただ、昨日の夜、突然電話があったの」

「で?」

遼が運ばれてきた前菜のアスパラガスを頬張りながら、まるで世間話でもするかのように尋ねる。

「〝間違ってた〟って言われた。でも、何を言われても、私と彼は終わったの。離婚を待つなんて、それこそ不倫と同じじゃない。それに誰かの二番目なんてごめんよ!」

そう捲し立てる礼子に、遼は笑顔を見せた。

「さすが俺の礼子。もっと落ち込んでるんちゃうかと思ったけど、あいつのことはもう吹っ切れてるんやな」

遼との関係も終わったことだと何度も伝えているのに、一向に聞く耳を持たない。相変わらず何が起きても、自分に都合のいいように解釈する人だ。ここまでポジティブだと、可笑しさが込み上げてくる。

「〝俺の礼子〟って、遼のものになったつもりもないわよ」

「俺の前から消えたときは、めっちゃ引きずってたって聞いたぞ。いや、まだ引きずってるやろ。でも、あいつのことはそうでもない、それが答えやろ」

「誰が〝引きずってる〟なんて言ったのよ」

そんなこと誰にも言った覚えはない。

「夏海ちゃんや。そうはっきり言ったわけじゃないけど、話してればわかる。彼女は礼子のことをすごく心配しているからな」

夏海と話をすればそれくらいの情報を手に入れることくらい、遼ならお手のものだろう。そうでなくても、夏海はウソが苦手だ。遼が何かを尋ねるたびに、まさに答えが顔に書いてあったに違いない。

「とにかく、あいつを吹っ切れたなら、もう手加減はなしや」

「やっぱりここのパスタ美味しい。関口社長も早く食べないと冷めちゃいますよ」

「……」

わざと全然関係ない返事を返したが、遼はそれ以上何も言わなかった。それは慌てる必要はないという、遼の自信の裏返しのようにも感じられた。

「そろそろ戻らないと。仕事が立て込んでるの。詳細を再検討してまた報告するわ」

「わかった。だけどそれは置いていけ」

立ち上がる際、テーブルに置かれた伝票に手を伸ばしかけた礼子を遼が止めた。

「ありがとう、ごちそうさま」

「今度は美味いワインを用意しとく」

「楽しみにしてる」

これ以上一緒にいたら、遼にのみ込まれそうだった。もう礼子は自由で、誰と恋をしてもいいはずなのに、遼の目を見るとどうしても怖さが先に立つ。その後ろにいる彼の両親を……あの日の遼の母親を想像してしまう。

就職してからずっと親身になってくれている麻美にも、遼のことは大学の先輩としか話していない。

すべてを知っているのは夏海だけだ。遼と別れて壊れそうになっていた自分を支えてくれた。あのとき、夏海が一緒に暮らしてくれなかったら、一生部屋に引きこもっていたかもしれない。こんなときに相談できる相手は夏海しかいない。

店から出る寸前に振り返ると、遼が手を振るのが見えた。笑顔で手を振り返して、角を曲がると、すぐさま夏海に電話をかけた。まだ夏海もお昼休みのはずだ。

「どうしたの?」

挨拶も抜きに、コール音が途切れて聞こえた夏海の第一声に驚く。予知能力でもあるのか思いきや、「いつも何かないと連絡してこない」と言われて、言い返す言葉が見つからない。

たしかにそうかもしれない。実際、今回も夏海に相談事があって電話をした。なんだか、いつも夏海を都合よく利用しているみたいで申し訳なく思う。でも、夏海は嫌がる素振りなど少しも見せず、今夜、家に来てくれることになった。

そうと決まればさっさと仕事を終わらせるのみだ。残業は避けたい。つまらない話で手を止めようとする九条を無視して作業に集中する。その様子に何か察したのか、麻美もフォローしてくれて、予定よりも早く仕事が片づいた。

「もう帰るんですか?」

終業時間を迎えてすぐ、帰り支度を始めた礼子に九条が声をかけてきた。さっき無視して仕事に没頭していたのが気に入らなかったらしい。気づかれないように帰ろうと思ったのに、相変わらずめざとい。

「そう、今日は予定があるの。いけない?」

「また関口社長ですか?」

「違うわよ」

〝早く帰る〟イコール〝遼と会う〟と、誰が決めたのか聞きたい。結婚相手には裏切られても、友達くらいいる。そう言いたいところをぐっと堪えて笑顔を返す。我ながら大人になったと思う。

「それならどうして？」

「私だってたまには早く帰ってもいいでしょ。悪いけど、私のプライベートに干渉しないで。あと誤解してるみたいだから言っておくけど、親友と会うの。わかった？　じゃあ、お疲れさま」

　どうして同僚の後輩にプライベートについて報告しないと帰ることもままならないのだろう。九条のことは無視しても構わないのだけれど、誤解されるのも面倒だ。遼にまたあらぬことを言い出しかねない。

「藤尾さんが気になってしょうがないのよ。小学生みたいな愛情表現だけど、可愛いじゃない」

「石川さん、自分に置き換えて考えてみてくださいよ」

　その〝嫌〟な相手を押しつけるのは申し訳ないけれど、九条のことは麻美に任せてカバンを肩にかけた。

「そうね、ちょっと嫌かも」

　九条が追いかけてこないうちに会社を出て、電車のホームで夏海に『今から帰る』とメールを送った。するとすぐに『もうすぐ着く』と返信があった。なんだか二人で暮らしていた頃のようなやりとりに頬が緩む。学生時代、お互いにアルバイトをした帰り、よくこんな風に連絡を取り合った。どんなに忙しくても、礼子より先に帰っておかえりと言ってくれた夏海には、今でも感謝している。

けれど、そんな感傷に浸っている場合ではない。急がないと夏海のほうが先に家に着いてしまう。

電車の扉が開くなり飛び出して、急ぎ足で改札を通り抜ける。途中で冷蔵庫に何もないことを思い出して、スーパーに寄ることにした。しかし、店の自動ドアの前で、両手に袋を提げた夏海と鉢合わせた。夏海には、冷蔵庫が空なことまでばれているらしい。

「礼子は悩みがあったり、仕事が忙しくなったりすると、食事に無頓着になるから」

そう指摘されて、そのとおりだから言い返すことができなかった。

少し痩せたんじゃないかと言われながら、二人でスーパーの袋を提げてマンションへ向かった。

ポトフが食べたいという夏海の選んだ食材が、どう見てもカレーの材料に見えてしまう。買い出しだけして料理はしないというのも夏海らしい。もっとも料理をしているほうが、礼子の気が紛れることもわかっている。あとは夏海はピザのデリバリーを頼む予定らしい。料理に時間をかけたくないとのことだけれど、それならポトフはないだろうと思う。そのことを伝えると、それは食べたいからいいのだと言われてしまった。せっかく来てくれたのに、これ以上追及してへそを曲げて帰られては困るので、素直にポトフを作る覚悟を決めた。

家に着いて食材とアルコールを適当に冷蔵庫に放り込み、エプロンをつけてキッチンに立つ。こういうのも久しぶりだ。最近忙しさのせいにして自炊もサボっていた。最後に料理をしたのは遼の部屋で朝食を作ったときだと思う。

「ため息をついたら、幸せが一つ逃げていくねんで」

「え？ 私、ため息なんてついていた？」

「うん、すっごく大きいため息やった」

無意識にため息をついていたとは、思った以上に重症らしい。

ニンジンの皮を剥いて乱切りにし、ブロックのベーコンを適当な大きさに切り、ジャガイモとキャベツも用意した。すべての材料を鍋に入れ、ブロッコリーは最後だ。切って煮込むだけだから簡単な料理なのに、そんなことも最近しなくなっていた。少し生活を見直したほうがよさそうだ。

「で、相談って？」

突然切り出した夏海の言葉に、食器を用意している手を止めた。何か起こらないと連絡してこないとわかっている夏海だから、相談があることくらい考えるまでもないのはわかる。それでも無理に聞き出そうとしているわけではなくて、言いたければ聞くよというスタンスなのがありがたい。

　相談と言うほどのことではなかったけれど、誰かに話を聞いてほしかったのは紛れもない事実だ。改まって話し始めるのも気が引けて、テーブルをセッティングしながら、何から話し始めるか考える。夏海もテーブルを拭きながら気長に待ってくれている。サラダのドレッシングを冷蔵庫から取り出した。

「……久志がね、電話してきたんだ」

「久志さんが？　なんて？」

　慌てて駆け寄ってきた夏海に、礼子のほうが驚く。しかし、よく考えれば驚くのも当然だ。電話に出たとき、誰より驚いたのは礼子自身だった。

「園田さんと結婚したのは失敗だったたって。園田さんっていうのが常務のお嬢さんなんだけど……」

「それで、私のところに戻ってきてとかは言ってないやんね」

「それはさすがにないよ。もうきっぱりケリをつけたんだから」

「だよね。あのとき、びっくりするくらいあっさりしてて驚いてんから」

　それは遼のおかげなのだけれど、しゃくなので言わないことにする。決してあっさりとあきらめたわけではなかった。辛くて、悲しくて、どうにかなってしまいそうだった。

　それでも遼と別れたときの礼子を知る夏海にはそう見えたのだろう。あのときは死んでしまうのではないかと心配した、と言われるほど落ち込んでいたのだから仕方がない。それに学生時代とは違って、会社が一番辛い記憶を呼び起こす場所にもかかわらず、仕事への責任感から引きこもらずに済んだ面もある。

「せっかくやから、関口さんとヨリを戻せばいいのに」

「どうしてそうなるのよ」

今日は遼の〝り〟の字も話題にしていなかったのに、夏海に話した時点でやっぱりそっちの方向に話は進んで行く。

「だって関口さんはずっと礼子のこと好きやし。礼子も関口さんのこといまだに好きやし。今二人ともフリーなんやから、誰に遠慮することもないいんちゃう?」

夏海は、不倫なら止めるけれど、今の二人を止める理由は見つからないと言う。たしかに一般論ではそうなのだろう。それでも自分のこととなると、そう簡単には踏ん切れない。

そもそも、礼子と遼は両親に反対されて別れたのだ。それはきっと今でも変わっていないと思う。

「でも、やっぱり遼のお義母さんが認めるわけないもん。無理だよ」

「あのね、ご両親も大事やけど、二人ともいい歳した大人やねんで。しかも関口さん、両親から独立して、文句言われへんくらい立派になったやん。そういう認めてあげてもいいんちゃう？」

　たしかに遼は父親の会社を手伝うことをやめて、自分の会社を興して頑張っている。それにもう親の言いなりになる必要もないと言っていた。

　けれど、それで本当にいいのだろうか。やはり遼には両親から祝福されてほしい。自分だって、疎まれたまま付き合うのは嫌だ。

「でも、やっぱり……」

「あ〜もう、うだうだ言いな。好きなんやろ？　好きじゃなかったらこんなに悩まへんよ。そろそろ素直になってもいいと思う。礼子には後悔してほしくないねん」

　夏海がヒートアップするのにつられるように、ポトフがぐつぐついい始めた。

「ポトフできたみたい。見てくるね」

「もう、そうやってすぐ逃げる」

「そろそろピザも来るんじゃない？」

　ちょっと気持ちを整理したくて料理に逃げた。

〝後悔してほしくない〟――。

　夏海の言葉が胸に突き刺さる。後悔なら何度したかわからない。

　義母の言いなりでよかったのか？　遼との接点を断つために、東京で就職したのは間違いでなかったのか？　そして、本当に久志と付き合ってよかったのか？

久志と別れたときも、遼を忘れるために付き合った罰(ばち)が当たったのだと後悔した。ほかにも言い出したらきりがないほど後悔を重ねてきた。

玄関のベルが鳴った。ピザが到着したようだ。夏海が気を利かせて、受け取りに出てくれた。

テーブルに出来上がった料理とピザを並べる。そして夏海と二人、向かい合って座った。冷蔵庫から取り出したビールの缶を勢いよく開けてグラスに注ぐと、夏海がグラスを掲げた。

「自由になった礼子に、乾杯！」

「何、それ？」

「礼子は自由やってこと。それに乾杯するの」

「自由に、乾杯か……。うん、乾杯!!」

アツアツのポトフとピザを食べながら、世間話に花を咲かせる。

ふいに夏海が遼の近況をよく知っていることに礼子は気がついた。遼が両親から独立したことなど夏海に話したことはないし、一緒に仕事をしていることも話していない。

「ねぇ、どうして夏海が遼のことそんなに詳しいの？」

怪しく思って尋ねてみると、さっきまで勢いよくしゃべっていた夏海が、急に視線をさまよわせ、一気にしどろもどろになってしまった。

「夏海ちゃん！」

「わかった、わかったから。ちゃんと言うから許して。何日か前に関口さんから電話をもらって、〝ちょっと礼子の背中を押してくれ〟って言われただけ。本当に関口さん礼子のこと想ってるんやから、わかってあげてや」

　そんなことだろうと思った。でも、どうして遼が夏海にそんな頼み事をしたのか気になるところだ。自分の知らないところでいつの間にか二人が仲良くなっているようにも思えて、なんだかもやもやする。アルコールが入っているせいだと言い聞かせても、どうもしっくりこない。

「何、やきもち？　言っとくけど、私には関口さんの相手は無理。あの人、絶対礼子のことしか見てないんやから。それに私には高校時代からのダーリンがいてること忘れんといてよ」

　そうだった、夏海にはずっと付き合っている彼がいる。ほとんど夏海は彼の話をしないからつい忘れてしまう。

　夏海の彼の顔を思い出しながら、ふと夏海たちが本当に付き合い続けているのか気になった。

「彼元気？　夏海は結婚しないの？」

「するよ。来年の春に」

あっさりに言われて礼子は目を丸くする。

「ウソ⁉　おめでとう。どうしてそんな大事なこと、黙ってたのよ」

「だって礼子、それどころじゃなかったやん。こう言っちゃなんやけど、結婚が破談になったばかりの人に、そんなこと言える？」

夏海によれば、礼子と久志の結婚話を彼としているときに、じゃあ俺たちもしようかという流れになったらしい。夏海にとってはそれも計算のうちだったようだけれど、多少誘導したとはいえ、プロポーズされて天にも昇る気持ちだったそうだ。もちろん、礼子にもサプライズ報告するつもりだった。けれど、タイミングを見計らっているうちに礼子が予想外の破談になってしまい、言い出せないままになってしまったそうだ。

それでも、両親以外に報告するのは礼子が初めてとのこと。一番に報告してくれたことは本当に嬉しかった。そして、言い出せない状況を作ってしまったことを、心から謝った。

そうと決まれば夏海には幸せになってもらわなければいけない。

さっきまでの暗い空気はどこへ行ってしまったのか、夏海の結婚話に花が咲く。スピーチを頼まれたら、夏海よりも先に泣いてしまうかもしれない。夏海との思い出を語り出したら止まらない気もするけれど、楽しみで仕方がない。

そして、一つお願いがあるという夏海の言葉を待つ。ブーケでもリングピローでもなんでも作る気でいた。心配をかけたお詫びになるならなんだってする。

「関口さんも呼ぶから一緒に来てな。もちろん席は隣やから」

「でも……」

それは礼子の背中を思う存分押している。夏海のためというよりも、礼子のためのお願い事だった。

「大親友の結婚式なんやから台無しにせんといてよ」

「……」

言いたいことはわかるけれど、これればかりは簡単なことではない。ウェディングドレスを作れと言われるよりも難しい気がする。

「大丈夫、礼子が素直になればいいだけやから」

それを言われるとぐうの音も出ない。本当に自分の気持ちに素直になっていいのだろうか。

遼のご両親が悲しむのではないか。そして、それを知ったら礼子の両親も悲しむ気がする。いや父は怒るだろう。身体を張って、私をかばうに違いない。そういう心優しい人だ。

夏海は遼にも知らせたいので、今からこの場で電話しろという。何度も二人でやりとりしているくせに、夏海は遼から連絡先を教えてもらっていないそうだ。遼から電話がかかってくるときはいつも非通知で、用があるときは会社にかけろと言うらしい。いったい、どれだけ用心深いのだろう。

いつもどおりなら遼はもう仕事を終えて会社を出ている時間だけれど、さっき会社の前で会わなかったということは何か予定が入っているのかもしれない。もしかしたら、今日に限って残業中ということも考えられる。

そんな風に、電話をかけずに済む理由をいろいろ考えるものの、夏海に許してもらえそうな言い訳は思い浮かばなかった。遼のスマホの番号を夏海が知らない以上、自分がかけるしかない。

礼子からかけるのはいつも仕事中だけだから、こんな時間にかけるのは再会してから初めてのことだ。思った以上に緊張する。

「はい」

聞き慣れた甘い声。礼子だとわかって喜んで出たのがよくわかる。

「私」

「俺の声でも聞きたくなったか?」

相変わらずの自意識過剰。でも、今日は会っていないから、声を聞けて安堵している自分がいる。

「あのね……」

用があるのは夏海だからと、電話を替わろうと隣を見た。けれど夏海は受け取るどころかキッチンに逃げてしまった。たぶん初めから二人に話をさせるつもりだったに違いない。あきらめて夏海の代わりに伝えるしかない。

「実は、夏海の結婚が決まってね」

「礼子も俺とすればいいだろ」

遼は当然のようにそういうことを言う。嬉しいけれど、簡単にうんとは言えない。

「そうじゃなくて、遼を招待したいって話よ」

「なんだそんなことか」

「そんなことじゃないわよ。夏海たちには大事な結婚式なんだからね」

「わかってるよ。夏海ちゃんの結婚式だったら喜んで参加させてもらうよ」

「それならいいけど」

礼子の心配などなんともないかのように遼はあっさりと了承した。それも礼子をエスコートして行くことまで勝手に決めてだ。

「もうちょっと礼子と話していたいところだけど、実は今、香港なんだ。帰ったらまた連絡するよ」

そう言われて初めて遼の後ろが騒がしいことに気がついた。普段遼の部屋はとても静かなのに、浮かれていて気がつかなかった。それに今、遼は関西弁を封印している。それは礼子と話していてもリラックスしていないということだ。

「ごめん、邪魔しちゃって。もう切るね」

「リョウ、ナニシテルノ」

「悪い、そういうことだから」

一瞬女性の声が聞こえて、あっさりと電話を切られてしまった。スマホを手にしたまま呆然としていると、キッチンから夏海が戻ってきた。遼からの返事が気になるらしい。

「関口さんなんだって？」

「結婚式は喜んで出るって」

「それだけ？」

「うん、今、香港にいるらしくて忙しそうだった」

なぜ香港にいるのかはわからないけれど、女性と一緒ならさぞ忙しいだろう。女性の声は若く、遼に気があるような雰囲気だった。礼子に声を聞かせたのもわざとかもしれない。その顔は何か言われた？」

「その顔は何か言われた？」

「別に」

「じゃあ、電話の向こうで女性の声でもした？」

「なんでわかるの？」

「やっぱり」

決して直接何か言われたわけではなかった。ただ聞こえよがしに遼を呼ぶ声が気になるだけだ。それが顔に出ていたのだろう。夏海はビールを飲みながら笑っている。

不満そうな顔をしている自覚はある。それでも夏海は一緒になって不満には思ってくれなかった。

遼が遊びで香港に行くなら、礼子を連れていかないわけがない。仕事に決まっている。どれだけ遼が礼子のことを気にかけていると思っているのだと、酔いが回っているせいか、夏海は雄弁だった。

礼子もそう信じたいのはやまやまだけれど、素直にそう思うには、七年の月日は長すぎる。

「たぶん、仕事が片づき次第飛んで帰ってくるはずやから、おとなしく待ってなさい」

「無事に帰ってくればいいなとは思うけど、ゆっくりしてくればいいのよ。急ぐことないじゃない」

なんだか自分でもむきになっていて変な感じだけれど、少しくらい観光でもして来ればいいのにと思っているのも本当の気持ちだ。

「関口さんが礼子なしで観光なんて楽しめるわけないやん。そんなに観光させたかったら追いかけていけばいいねん。二人でならゆっくり観光すると思うけど」

「どうして、私が遼と……」

「電話の向こうの女の人が気になるって、顔に書いてあるやん」

どれだけ言い返したところで、今の夏海に勝てる気がしない。酔っぱらった夏海はいつも以上に口が立つ。こういうとき、夏海も大阪の人なのだと痛感する。

「あ〜もぅ、遼の話は終わり。ご飯食べよう」

冷めかけたピザに手を伸ばす。ようやくあきらめたのか、夏海は一度だけため息をつくと礼子の手を取った。

「最後に一つだけ言わせて。礼子は幸せになっていいねんで。それだけは忘れんといて」

その言葉で礼子は悪い魔法が解けたような気がした。


明日も仕事があるため、夏海は終電に間に合う時間に帰って行った。夏海と話をして、ずいぶん気持ちはすっきりしたものの、目の前に最大の難問が立ちはだかっていることに気づく。

素直になる方法がわからない――。

基本的に素直な性格ではある。夏海や麻美、周りにいる仕事仲間たちとは、飾らずに接することができていると思う。ただ、相手が遼となるとそうもいかない。七年意地を張り続けたせいか、どうしたらいいのか見当もつかなかった。

気分を変えようとお風呂に浸かって考える。

大学一年生のとき、何カ月も断り続けてきたのに、最後、遼の気持ちを受け入れることができたのは、あの大雨のおかげだったと言ってもいい。

けれど、あのときのような奇跡は期待できそうにない。かといって、面と向かって好きだと言えるほどの勇気も持ち合わせていない。今まで一度として誰かに好きだと告白したことなどなかった。

それどころか、遼や久志と付き合い始めてからも、はっきり伝えたことがあるか疑問だ。それに似た言葉を口にした記憶はあるけれど、ニュアンスで伝える程度しかできなかった気がする。

素直といえば、もしかしたら九条が参考になるかと思ってイメージしてみたけれど、九条と礼子ではキャラが違いすぎるし、年齢も離れすぎている。三十歳目前で、あの初々しさを真似するのはさすがに痛々しいだろう。

そんなことを考えているうちに、どうやら長湯をしていたようだ。のぼせ気味の頭がくらくらする。

バスルームを出て髪を拭きながらソファに座ると、テーブルの上のスマホが着信を知らせた。どうやら遼からのメールのようだった。

手に取ってチェックしてみると、香港土産は何がいいか？　といった内容だった。

今までこんなメールをしてきたことはなかったのに、どういう風の吹き回しだろう。「お土産はいらないから気をつけて帰ってきて」とだけ返信をした。香港土産で思いつくものはなかったし、仕事なら土産どころではないはずだ。

すると、スマホを置く間もなく、今度は電話の着信音が鳴り出した。遼からの着信だった。

「何かあったのか?」

夏海といい、遼といい、まるで私がいつもトラブルに巻き込まれているかのように反応するのは失礼すぎる。

「〝気をつけて〟なんて礼子に言われるの久しぶりすぎて」

「なによそれ……」そんなことを言われても、それくらいのこと、大人の会話として当たり前のことだ。夏海が素直になれと言うから頑張ったのに、こんな反応をされたらどうしたらいいのだろうか。

もともと甘え下手なうえ、子供の頃からだいたいの物事は一人でできたから、誰かに甘える必要性を感じたことがなかった。両親もその点だけは、よく褒めてくれたので、余計に強化されてしまった面もある。

夏海によれば、それでも遼と付き合っていた頃は、少しはマシだったようだ。けれど、別れてしばらく一人でいたことで、さらに磨きがかかったのが今の姿だ。久志と付き合っていたときも、甘えられることはあっても、甘えたことはなかったように思う。

「もういいから気をつけて帰ってきて」照れ隠しにそう言うと、遼は安心したのか、第一声の心配そうな声から関西弁に戻った。

そして「言いつけどおり、気をつけて帰る」と優しい声で告げた。

電話を切ると、キッチンに行き冷蔵庫を開けた。食品に隠れていたビールを取り出して、勢いよく缶を開けた。一気に半分ほど飲み干してからリビングに戻り、ソファに深く沈み込んだ。

これが女子力低下の要因の一つなのかもしれない。昔からそれほどアルコールに強くはないけれど、お風呂上がりの一杯の美味しさはわかるようになってしまった。

でも、いまさらあの頃には戻れない。

「素直になるのは難しい」

そう礼子は呟いた。


遼が帰国する日。なんとなく気持ちが弾んで、久しぶりにスカートをはいて出勤することにした。

タイトスカートはたまにはくけれど、今日はフレアスカートをチョイスした。別に遼に会うからというわけではない。ただ、はきたかっただけだと一人で言い訳をする。

会社に着くと、九条が満面の笑みでやって来た。

「礼子さん、なんだか今日華やかですね。俺のためですか?」

「は?」

スカート姿を褒めてくれるのはいいけれど、話がかみ合わない。どうやら九条は、自分のために礼子がオシャレをしてきたと思っているようだ。

そう勘違いさせるような理由が思い当たらなかったので、気が変になったのかと心配したけれど、話をしているうちに今日が九条の誕生日だということがわかった。嬉しそうにしているけれど、九条の誕生日などいちいち覚えているはずがない。

一応、気の毒なので「おめでとう」とだけ声をかけた。でも、九条はほかに用があるのか、なかなか離れない。

挙句の果てに、今夜の予定を空けてあると言い出した。麻美も遠い目をして九条を見ている。さながら悟りを開いた僧侶のように見える。

「九条君って本当に素直だし、直球だし、若いっていいわね」

「ありがとうございます。石川さん」

麻美の皮肉などまったく通用しない。突っ込みたいところだけれど、今日は誕生日らしいから、特別にやめにする。それが誕生日プレゼントだと思ってほしい。

「先輩、調子に乗せないでくださいよ」

パソコンの電源を入れながら話に花を咲かせていると、思いがけずスマホが着信を知らせた。ディスプレイに表示された発信者は遼だった。少し緊張しつつ電話に出た。

「ただいま」

名前も名乗らずに、第一声がプライベート感をまとって発せられた。

「おかえり」と返したものの、どう考えても仕事の話にはならないだろう。このままデスクで話をすると、麻美に怪しがられてしまう。ちょっと席を外すと告げて、デスクを離れた。

後ろで九条がまだ誕生日会の話をしているけれど、どうでもいいので放っておく。きっと麻美が適当に話を終わらせてくれるだろう。

「ずいぶん賑やかやな」

「そうね、楽しいわよ」

九条はバカだけれど悪い子じゃないし、仕事も頑張っている。ただちょっと素直過ぎて、礼子には眩しいだけだ。

遼は少し疲れた声だが、機嫌はいいらしい。たしか朝一番の飛行機で帰ってくると聞いていたが、今会社に戻ってきたばかりだそうだ。すぐ連絡してくるところがやはり遼らしい。

帰国の連絡ならメールでもよかったし、次のアポのときでもよかったのに、夕飯の約束が最優先だと言うから笑える。どうせ約束などしなくても、会社の前で捕まえるくせにだ。

残業にならなければという条件つきで約束を受けた。昔から待つのは平気な人だから、きっと残業になっても遼は待っているだろう。でも、今日はできるだけ待たせないように、早く仕事を終わらせようと思う。

仕事が終わったら連絡すると約束して電話を切った。このビルに遼が戻った。今はそれで十分だった。

今日はスカートにしてよかったと思う。きっと遼は驚くだろう。目を細めて優しく微笑む顔が思い浮かぶ。似合うと言ってくれるといいのだけれど……。そんな少し浮かれた気分でデスクに戻った。

しかし、オフィスに戻ると、騒然としていた。

「石川さん、どうかしたんですか」

「なんかね、園田常務が倒れたらしいの」

「園田常務が？」

園田常務はどちらかといえば恰幅（かっぷく）がいい。お酒も甘いものも好きだった。何か持病があっても不思議はない。

まもなく救急隊員が到着した。礼子が心配することではないけれど、常務が退任ということになれば久志はどうなるのだろう。下手をすると、本社に戻れなくなってしまうかもしれない。

　園田常務が担架に乗せられて運ばれていくのをフロアから見送っていると、麻美が耳元で囁く。

「柴田君のことが心配なんでしょ」

「それは……」

　やはり麻美はすべてお見通しだ。後で情報を集めてくれると言うので、素直にうなずいた。

　さっきまで、遼と会う約束をして、弾んでいた気持ちが一気に沈んだ。こんなとき、礼子たち社員にできることなどない。いつもどおり仕事をするだけだ。しなれないオシャレをして、のぼせている場合ではなくなった。

　定時頃になり麻美から聞いた話によると、園田常務の容態は安定していて、命に別状はないという。ただ、しばらく入院して療養する必要があるらしく、仕事復帰のめどは立たないということだ。

「一つ言っておくけど、藤尾さんは何も悪くないの。何を考えてるかもなんとなくわかるわよ。でも、あなたが気にすることじゃないでしょ」

　たしかに麻美の言っていることは正論だ。久志がどうなろうと、礼子には関係ない。

その道を選んだのは彼自身。それは本人もわかっていることだ。

ただこのまま遼と会う気分にはなれずに、キャンセルの連絡を入れようとスマホを手に取る。会社でいろいろあって行けなくなりそうだとだけ打って、メールを送った。きっと遼なら詳細を書かなくても、すでに何があったか知っているだろう。

〝わかった〟という返事を期待していたけれど、ある意味、予想どおりのメールが返ってきた。

〝待ってる〟ただそれだけ。

その一言に〝礼子には関係のないことだから気にするな〟というメッセージが込められているような気がした。

「そんな顔してないで、もう今日は上がったら。泣きそうな顔してるじゃない。ほら、終業時刻も過ぎたし、遠慮せずに帰って、ゆっくりお風呂にでも浸かったら」

ひどく落ち込んで見えたのだろう。意地を張っても仕方がない。おとなしく麻美の気遣いに感謝して帰ることにした。

七時を過ぎたオフィスには残っている人の数も少ない。デスクを片づけてカバンを肩にかけた。遼からはあれきり連絡はない。外に出たら連絡を入れてみようと思い、やってきたエレベーターに乗り込む。

一階で何人かと挨拶を交わして外へ出た。すると、少し離れた歩道の手すりに遼がもたれかかって待っていた。こんな気分のときに見ても文句なくイケメンで、一秒もかからず見つけられてしまう。遼もすぐに礼子に気づいてやってきた。

「お疲れ」

「そっちこそ、香港はどうだったの？　ずいぶん楽しそうな声が聞こえてたけど」

遼の顔を見て気が緩んだせいか、ついいらぬことを口走ってしまった。笑って受け流す遼に促されて、車に乗り込んだ。

「商談相手の社長が女性でかなり豪快な人やった。礼子からの電話も、恋人やって言ったら、会わせろってうるさかったわ」

やはり、夏海の言うとおり仕事相手だった。礼子と遼が恋人かどうかはさておき、プライベートで女性に会っていたわけではないことがわかって、内心ホッとする。ただ、一応〝恋人〟というところは否定しておいたけれど、いつもの調子で遼が引かないので、香港での出来事に話題を戻す。

ふと運転する遼の目の下にクマができていることに気がつく。出張から帰ってきたばかりで疲れている遼の身体が心配だった。

「そんなことより、ちょっと疲れているみたいだけど大丈夫？　帰って休んだほうがいいんじゃない」

「ひとりで休むより、礼子にそばにいてもらったほうが癒される」

「相変わらず口が上手いんだから」

そう言われてしまったら、これからの予定は一つしか思いつかない。レストランでの食事をキャンセルして、食材を買って遼の家に向かった。

これも少しは素直になった証しだと受け取ってくれるだろうか。自分から遼の部屋に行くことを提案するなんて、今までなかったことだ。

いつものことながら部屋に着くと、男の一人暮らしとは思えないほど、きちんと片づけられていた。前回と違うのは、出張を計算してか、冷蔵庫がきれいに空になっていたところだけだ。

「遼はお風呂にでも入ってきたら。その間に簡単なものだけど作っておくから」

キッチンに向かおうとする礼子を後ろから抱きしめて、遼が耳元で囁いた。「一緒に入らへんのか」

甘い誘惑にくらくらしそうになりながら、それでも礼子は腕を解いて、バスルームに向けて遼の背中を押した。

背中ぐらい流してあげてもいいと思う。けれど、バスルームに近寄れば、遼の思うつぼになりかねない。昔見た遼のたくましい胸を思い出して恥ずかしさが込み上げ、自分でも顔が赤くなっているのがわかる。遼もそれをわかっていて「気が変わったらいつでもどうぞ」と、もう一度誘いの言葉を囁いた。そして礼子が恥ずかしがる姿を楽しむように、頬をひと撫でしてバスルームに消えて行った。

すぐにシャワーの音が聞こえた。いつまでもドキドキしていられない。気持ちを切り替えて、キッチンに入った。空だった冷蔵庫にはさっき買ってきた食材が所狭しと並んでいる。

どうしても外食だと野菜が不足する。だから、サラダとスープにたくさんの野菜を使うことにする。特にトマトが好きな遼のために、ちょっと多めにトマトを乗せる。

魚が食べたいというリクエストに応えて、メインはタラのムニエルにした。タルタルソースはもちろん手作り。学生の頃を思い出しながら手早く料理を仕上げていく。最近忙しくて忘れかけていたけれど、誰かのために作る料理は楽しい。

あとはテーブルをセッティングするだけになった頃、遼がバスルームから出てきた。洗いざらしの髪に、白いシャツとジーンズ。相変わらず爽やかさを絵に描いたような佇まいに、ため息が出そうだ。

遼は礼子が運ぶ料理を眺めながら口元を綻ばせた。何も言わなくてもわかる。気に入ってくれたらしい。キッチンに入ってきた遼は、冷蔵庫からミネラルウォーターを取り出して飲んだ。上下するのどぼとけが色っぽ過ぎて目の毒だ。

そんな気持ちを悟られないように、礼子は遼の背中を押してテーブルに誘導した。もしかしたら気づいているかもしれないけれど、遼は何も言わずにテーブルについてくれた。

いただきますと手を合わせて食べ始めた遼が笑顔を向ける。その満足そうな様子に安堵して、礼子も食べ始めた。

「相変わらず、俺好みや」

「よかった」

簡単なものとはいえ、喜んでもらえるとやはり嬉しい。

タラのムニエルに手をつけかけて、遼が急に立ち上がった。魚に合ういいワインがあると言って、ワインセラーから取り出した。

夜、一緒に食事をしても、遼の車で店に向かうことが多いので、外で飲むことは少なかった。こうして部屋で遼と飲むとなると、じつに七年ぶりのことになる。正直、ほかに人がいない場所で、二人で飲むのにはまだ多少抵抗があった。

でも、遼は礼子の意見など関係ないというようにワイングラスを取り出した。わざわざ用意してくれていたのがわかるだけに断るのも悪い。仕方なく、一杯だけ付き合うことにした。もしフルボトルを空にしたら、間違いなく帰れなくなってしまう。

「前みたいに寝ても大丈夫や。何も起こらん保証はないけどな」

「絶対寝ないから」

「それはそれで大歓迎やけどな」

遼は不敵な笑みを浮かべながらワインを注ぐ。いい香りに飲み過ぎる予感を覚えながらグラスを合わせた。

とても口当たりがよくて飲みやすいワインだった。料理にもよく合い、思わず礼子は「美味しい」と呟いた。そんな礼子の様子に、遼も満足そうな表情を浮かべてワインを飲む。

気分よく食事を終えようとしていた頃、遼が突然真面目な顔に戻った。

今日倒れた園田常務のことだった。さすがに情報が速い。入院が長引きそうなことまですでに知っていた。

きっと由香里から連絡があったのだろう。でも、あえてそこは口にしない。夏海も教えてもらっていない遼の電話番号を、由香里が知っているのはしゃくだけど、父親が常務だから仕方ない。やきもちを妬くような対象ではない、そう自分に言い聞かせた。

「あいつ、今頃、青い顔してるんちゃうか?」

〝あいつ〟というのが、久志を指していることは聞くまでもない。

「そうかもしれないわね。義理の父親だもの」

義理の父親であること以上に、これからの自分の先行きについて、久志が案じていることは明白だろう。

食事を終えると、遼に手を取られてソファに移動した。遼が礼子を包み込むように肩に腕を回す。その肩にもたれると、緊張がほぐれたのか礼子の目に涙が浮かんだ。

「礼子が気に病むことじゃないやろ。あいつも男や。それくらいの覚悟はしてるやろ」

「そうよね……」

久志は何があっても由香里を守っていくだろう。そうでなくては困る。礼子が出る幕ではない。

会社で一度電話をしかけたけれど、こんなときだからこそ、礼子からの電話は由香里の気に障ると考えて思いとどまった。もちろん、久志の心も乱すに違いない。もうかけてこないでと言ったのは礼子のほうだ。

「礼子には、俺がいてるやろ」

「うん」

その返事に、遼が一瞬驚いたのが息遣いでわかった。けれど、そのまま何も言わずに頭を撫でてくれた。言葉はなくても、気持ちが通じたことが伝わってきた。

遼が今どんな顔をしているのか確かめたかった。でも、頭に乗せられた手のせいで顔を上げられない。遼も、「見るな」と言って、そっぽを向いてしまった。

頭に乗った手から解放されたくて、礼子が「ワインが飲めない」と言うと、遼は笑顔を見せてワインを口に含んだ。〝しまった〟と思っても、もう遅かった。近づいてくる遼の唇に、逃げられないことを悟る。

口移しで注がれたワインに一気に酔いが回っていく。いつまでも離れない口づけに溺れそうになる。それなのに遼は力の抜けた手からグラスを取り上げると、余裕のしぐさでテーブルに置いた。すべてが遼の思うがままに操られてしまい、なんだか悔しい。

「もう逃げるなよ」

「たぶん」

「たぶんってなんやねん。逃げられへんようにしてほしいってことか？」

「どうやって？」

それはある程度想像できるけれど、言わずにはいられなかった。こういうとき悪い癖だとはわかっているのに挑発したくなる。

「こうやって、やろ」

その声を聞き終わった頃には、想像どおり遼の後ろに白い天井が見えた。ぐらりと頭が揺れたせいで軽くめまいがする。

「そんなに慌てないでよ。もう逃げないから」

「礼子の逃げないは信用できへんからな」

前科があるだけに反論できないのが辛いところだ。

でも、遼もわかっているはず。どれだけ逃げたところで、必ず捕まえられてしまうことを。何年かかっても、遼はあきらめたりしないのだから……。

礼子の居場所はこの腕の中しかないのだ。得意げで憎らしいこの笑顔が、結局一番好きなのだ。

遼が、礼子のこめかみを伝う涙を唇で拭う。それで初めて泣いていることに気づいた。知らず知らずのうちに涙が溢れて髪を濡らす。

遼の唇がくすぐったくて身じろぎすると、遼は不敵な笑みを浮かべて、いたずらに拍車をかけていく。

「素直になれよ。嬉しいんやろ？」

「……」

遼の唇に翻弄され、息が乱れて答えられない。その代わりにどんどん涙が溢れていく。

「わかったから、もう泣くなよ」

そんなこと言われても、泣きたくて泣いているわけではない。礼子とは裏腹に、遼はこれ以上ないほどの笑顔を浮かべている。

この自信に満ち溢れた姿を、こうしてまた見ることができて胸が熱くなる。

まだ難問はいくつも残されているだろう。

けれど今は、この温もりに溺れていたくて目を閉じた。

エピローグ

　まぶたをくすぐる光に目を覚ますと、カーテンの隙間からもれる朝日が部屋に一筋の光の道を映していた。気持ちのいい朝だ。しかし、それに浸っている余裕はなかった。

「え？　ここどこ……」

　勢いよく身体を起こすと、いつもの自分の部屋ではなかった。

「忘れたんか、俺の部屋」

　そういえば一度ソファで眠ってしまった日に、ベッドを借りたことがあった。あのときは焦ったまま飛び出したから、ゆっくり部屋を見る余裕もなかった。

　シーツを手繰り寄せて身を包むと、遼がシーツの隙間から腰に腕を回してまとわりついてきた。抱きしめられてベッドから出られない。周りに時計も見当たらないので、時間もわからない。

「今、何時？」

「たぶん六時」

「たぶん、じゃなくて」

「六時。せっかくやから今日は休んでもいいんちゃうか？」

そう言いながら、遼は礼子の身体に手を這わせる。その目は今から昨夜の続きを始めかねない輝きを放っている。その誘惑に負けたい衝動がわき起こるけれど、気軽に会社を休むわけにはいかない。

この状況を楽しみ始めた遼の肩をはねのけ、上にまたがって見下ろすと、一瞬だけ触れる口づけをした。

「続きは、また今度」

「たまには下から見上げながらもいいかなと思ったのに」

「ほら、遅刻したくないの。バスルーム借りるわね」

残念がる遼を置いて寝室を抜け出した。シャワーを浴びながら、昨夜の感触が消えない身体を鏡に映す。いくつも残された、何年振りかの紅い華。

学生時代とは違って見えない位置に、けれどはっきりとした濃さで残されている。左胸の心臓のあたりに残すところも相変わらず。昔に戻ったように嬉しくて、自然と笑みがこぼれた。

入れ違いに遼がシャワーを浴びている間に、メイクに取りかかる。泊まるつもりはなかったから、フルセットが揃っているわけではない。けれど、今日一日くらいならなんとか耐えられるだろう。

　化粧もあと口紅を塗るだけになった頃、着替えを済ませた遼が洗面所に戻ってきた。

　もう終わると振り向きざまに言いかけて、その言葉は遼の唇にかき消された。なけなしの理性で遼の胸を押し返す。遼は満足げに礼子が口紅を塗る姿を鏡越しに見ていた。

「その棚、空いてるから、次は化粧品持って来いよ」

「うん、そうする」

　化粧の最後の仕上げとでも言いたげに、礼子の頬に口づけた遼をわざと押しのけて、玄関へ急ぐ。付き合いだしたから、とさらに甘い扱いをされても、すぐには慣れなくて照れてしまう。

　本当なら着替えに帰りたいところだけれど、その時間はなさそうだ。送ってくれるという遼の車に乗り込んだ。同じビルに出勤するのだから断る理由はない。何度も通った道なのに、気持ちが変わると景色まで違って見える。

　麻美は昨日と同じ服だとすぐ気づくだろう。言い訳するつもりはない。きっとお昼には質問攻めにあうはずだ。礼子と遼がこうなることを望んでいたようだから、間違いなく喜んでくれるだろう。

　ただ誰よりも先に報告しなくてはいけない人がいる。もちろんそれは夏海以外にいない。

　会社に着いたらまずメールを送り、今夜報告の電話をしよう。もしかしたら待ちきれなくて、礼子の家までやってくるかもしれない。そうなったら手料理をたくさん振舞って、今までのお礼もしたい。どんどん楽しい想像が膨らむ。

「なんか楽しそうやな」

　ハンドルを握る遼がクスクス笑っている。どうやら一人で百面相をしていたらしい。

「うん、夏海に今夜報告しようと思って。きっと喜んでくれるだろうなって思ったら、嬉しくなってきたの」

「夏海ちゃんの喜ぶ顔が目に浮かぶな。楽しみやな。彼女、泣くんちゃうか」

「ちょっと待って！　まさか一緒に来るつもりじゃないわよね」

　久志と付き合っていた頃のことや、ずっと遼のことを忘れられなかった頃のことなど、思い出話が膨らんでいったら、遼に聞かせられない恥ずかしい話も出てくるかもしれない。

「行くに決まってるやろ。なんならうちに二人で来たらいいねん」

「嫌よ。今日は女同士で話したいの」

「何かやましいことでもあるんか？」

　恥ずかしい暴露話のようなものが夏海の口から飛び出しかねないとは、言えるわけがない。

「やましいことなんて何もないけど……」

「じゃあ、いいやろ」

「ダメ、絶対ダメ」

もう少しで言いくるめられるところだった。たくさん夏海には心配をかけた。たくさん相談にも乗ってもらった。ちゃんと一対一で報告したい。それが大事な親友への礼儀だと思う。

そう説明すると、遼もあっさり引き下がってくれた。もしかしたらさっきの話は冗談で、本当に来る気はなかったのかもしれない。夏海にありがとうと伝えてくれ、とだけ言われた。優しく頭をぽんぽんと叩いてくれる手も、笑顔も、ちゃんと納得してくれているのがわかる。

「あいつへの説明は俺がしようか？」

「あいつって？」

遼が指さすフロントガラスの向こうに、こちらへ向かってのんき気に歩道を歩いて来る九条の姿を見つけた。

気がつくと、いつの間にか車は会社のすぐ目の前まで来ていた。普段はそのまま地下の駐車場に入っていくはずなのに、遼はわざと九条の前に車を停めた。

まずいと思っても後の祭りだった。遼はにやりと不敵な笑みを浮かべると、運転席から降りて、助手席のドアを開けた。

もちろん、九条が気づかないなどという奇跡は起きない。

「関口社長、おはようございます。うわっ、礼子さん！　なんで、関口社長の車に乗ってるんですか？」

仕事の関係者に会ったら、いついかなる時でも、きちんと挨拶するのが麻美の教育だ。祈るような気持ちで、車から降りずにおとなしくしていたけれど、目ざとい九条が同乗者を見逃すはずがなかった。

「えっと、途中でばったり会ったから。ね、関口社長」

「うちから一緒に乗ってきたに決まってるだろ」

あぁ、もうこの人はすぐ話をややこしくする。一番教えなくていい相手に、一番に教えてしまうなんて……。

「えっ⁉　礼子さん、ちょっとそれ、昨日と同じ服じゃないですか。俺、超ショックです……」

いつもと違うフレアスカートをはいていたことが決定打となってしまった。

重い足取りでビルに入っていく九条は、がっくりと肩を落としていて、後ろから見ても痛々しいほどだった。

「俺の礼子に手を出そうとした罰だ」

「仕事がしづらくなったら、遼のせいだからね」

まだそんな気はさらさらないけれど、そのときはきっと遼の会社に転職させられることだろう。本当に相変わらず勝手な人だ。

駐車場に車を移動させる遼とは会社の前で別れて、一人でオフィスに向かう。これからずっと遼に振り回されていくのだと思うと、ちょっと後悔の気持ちが芽生える。

でも、どうせ逃げようとしたところで、簡単に逃がしてくれる相手でないことはわかっている。いよいよ観念するときが来たのかもしれない。

それに自分自身、もう遼なしではいられないだろう。

両親を納得させてから礼子の前に現れたという話を聞いたときは、不器用だけれど誠実な遼を改めて愛しいと思った。

まだ問題はいくつも立ちはだかっているけれど、遼はその一つひとつをあきらめずに解決していくことだろう。遼なりの方法で、二人がずっと一緒にいるために……。それだけは信じられる。

オフィスにたどり着き、礼子は自分のデスクから周りを見渡して決意を新たにした。

七年間も遠まわりをしてきたけれど、そのぶんお互いの大切さが痛いほどわかった。

結局、お互いの気持ちが変わることはなかった。もしかしたら七年前よりも想いは強くなっているかもしれない。すべてあきらめの悪い遼のおかげだ。それが遼の長所なのだと改めて思う。

人生の節目が訪れるたびに遼は言うだろう。礼子を探すのには苦労した、と。

そして、そのたびに礼子は〝知らない〟とバツが悪そうに肩をすくめ、そして心の中で何度も繰り返すに違いない。

見つけてくれてありがとう、と……。

完

Once again

発行――●二〇一六年九月二十五日　初版第一刷

著者――●蒼井蘭子

発行者――●須藤幸太郎

発行所――◉株式会社三交社

〒一一〇―〇〇一六

東京都台東区台東四―二〇―九

大仙柴田ビル二階

TEL 〇三（五八二六）四四二四

FAX 〇三（五八二六）四四二五

URL：www.sanko-sha.com

本文組版――●softmachine

印刷・製本――●シナノ書籍印刷株式会社

装丁――●softmachine

Printed in Japan

ISBN 978-4-87919-275-2

エブリスタWOMAN

EW-011

満月に恋して

美月優奈

元彼の結婚式の帰り道。公園で満月を見ながら一人ヤケ酒をあおっていた沙耶だったが、気がつくとホテルの一室で、しかも隣には見ず知らずのイケメンが寝ていた⁉

EW-012

Love me, I love you

美森萠

恋する心に蓋をしたキャリアウーマン【ふたば】×恋愛不器用なイケメン課長【坂崎】 二人の行きつく先は？ 熊本を舞台に繰り広げられる超純愛ストーリー！

EW-013

ゴミ捨て場から愛を込めて

七海桃香

念願の寿退職した真理だったが、挙式最中に女が乗り込んで来て奈落の底に突き落とされる。自暴自棄の日々を過ごす真理の前に「イヤなことは全部燃やせ」と言い放つ男が現れた。その男は……。

EW-014

モテる女の三ヶ条

藤崎沙理

愛莉、23歳。彼氏いない歴も同じでバージン。加えてちょっぴりオタク。ある日、会社の帰り道に貰ったポケットティッシュ広告に、自分を変えようと思い切ってメールを送ってみると……。

EW-015

目覚めたらあなたが、夢の中には彼が……

佐多カヲル

部長職で自社株の1％を保有するキャリアウーマン、えり。でも最近は一人で過ごす休日がむなしく感じていた。そんなおり、異なる二人の男に惹かれてしまう。三十代半ば、揺れる想い。えりの行き着く先は……。

エブリスタWOMAN

EW-016

お嬢様、初体験のお時間です

東山桃子

父親に無理矢理お見合いをさせられたことで、キレた紫織は家出を決意する。親友の彼氏に「住み込みのいいバイト紹介しようか?」と言われ、藁をも掴む思いで頷いた紫織だったが……。

EW-017

営業トークに気をつけて

にのまえ千里

ある日、瀬名は玄関先に現れたイケメン営業マンに、「一目惚れなんだ」といきなり告白をされて大混乱してしまう。オタク女子の瀬名は、リアル恋愛に目覚めることができるのか?

EW-018

雨がくれたキセキ

桜井ゆき

鈴那は勤務先の上司と付き合っていたが、突然別れを告げられ、さらに解雇を言い渡されてしまった。途方に暮れ、居場所を求めてさまよう彼女が、苦悩の末にたどり着く場所とは?

EW-019

だからサヨナラは言わない

西島朱音

老舗呉服店の長女として生まれた大河内柚花。大河内家には「男子に恵まれなかった場合、長女が二十歳になるときに、当主が選んだ者と契りを結ぶ」というしきたりがあった。柚花は運命を変えるため家を飛び出す。彼女を待ち受けるのは、希望 or 絶望?

EW-020

泣きたい夜にもう一度

周桜杏子

森園すず、33歳、独身。恋愛なんて面倒くさい。可愛げのない女代表。だけど、ふと訪れたダイニングバーで出会った男が、忘れていた女の性をくすぐる。そして、その男との再会が、彼女の人生を大きく変えることになる。

エブリスタWOMAN

EW-021

MONSTERの甘い牙

橘いろか

突然社長が倒れ、代わりにやってきたのは超俺様男。社長秘書の望愛は、そんな彼に翻弄されながらも業務を全うしようと必死に頑張るのだが……。社長室と秘書室で繰り広げられる、切なくも甘い社内恋愛物語。

EW-022

もう一度、恋をするなら

北川双葉

千沙は出張先の大阪支社で出会った男に惹かれ、その日のうちに身体の関係を結んでしまう。しかし、彼の意味深な言動に一喜一憂する毎日。彼への恋熱をどうすることもできない千沙は、ある決断をするが……。

EW-023

恋愛における思想相互の法則と考察

鬼崎璃音

女子大生の瑠夏は、憧れの講師、藤乃川と交際を始めるが、その交際は【電話だけ】という条件付き。さらに藤乃川にはある魂胆があった。それでも一途に想い続ける瑠夏に、頑なだった藤乃川の心はほぐれていくのだが……。

EW-024

サンタクロースな彼は湯の町Flavor

竹久友理子

派遣OLの沙織は次の勤務先が決まらず焦っていた。そんなとき、旅館を営む実家が緊急事態と知り帰ってみると、長身で白い肌に金髪、そしてブルーの瞳の外国人が客として訪れた。この出会いが沙織の人生を大きく変えることになる。

EW-025

スニーカーを履いたシンデレラ

江上蒼羽

「キミ……華がないんだもの」という理由で、職場をクビになった直井華。しかし再就職先で待ち受けていたのは、仕事はできるが完璧主義の俺様上司だった。すり切れたスニーカー女子にも、シンデレラになれる日が訪れるのか⁉

エブリスタWOMAN

EW-026

INNOCENT KISS

白石さよ

大手商社で女性初の海外駐在員に選ばれた美紀。帰国してみると、海外赴任をきっかけに別れた彼は新しい恋人と近々結婚するという。気丈に祝福したものの、空しさがこみ上げてきて会社の後輩と過ちを犯してしまった。彼女の行き着く先は……

EW-027

秘蜜

中島梨里緒

夫のポケットから出てきた知らない女性の携帯番号。夫への浮気の疑惑と、未来を捨てた年下男との出会いが10年の結婚生活を破壊させていく。夫、妻、年下男…3人がたどり着く先は？ ラストまで目が離せない禁断のラブストーリー。

EW-028

妊カツ

山本モネ

大学時代の同級生二人がひょんなことから再会を果たす。ともに35歳独身。性格は違うが共通する悩みは迫りつつある妊娠・出産のリミット。恋を取って、子供をあきらめるか。恋を捨てて、子供をとるか。究極の選択に二人が出した答えは⁉

EW-029

狂愛輪舞曲

中島梨里緒

過去の苦しみから逃れるために行きずりの男に抱かれ、まるで自分へ罰を与えるように地獄の日々を過ごす高野奈緒。そんな彼女が、かつて身体の関係を結んだ男と再会する。複雑に絡み合う人間模様。奈緒の止まっていた時間が静かに動き始める。

EW-030

もっと、ずっと、ねえ。

橘いろか

ひかるには十年会っていない兄のように慕っていた七歳年上の幼馴染みがいる。そんな二人がひかるの就職を機に再開したが……。少女の頃の思い出が温かすぎて、それぞれの想いに素直になれない、もどかしい恋物語。

エブリスタWOMAN

EW-031

マテリアルガール

尾原おはこ

小川真白、28歳。過去の苦い恋愛経験から信じるのはお金だけ。愛の言葉をささやかれても、いい思いをさせてくれない男とは付き合わない。そんな彼女の前に、最高ランクの男が二人現れる。一方で、過去の男たちとの再会に心が揺さぶられ、自分を見失いそうになるが……。

EW-032

B型男子ってどうですか?

北川双葉

凛子は隣に引っ越してきた年下の美形男子が気になり始めるが、苦手なB型だとわかる。そんな折、年上の紳士(O型)と出会い、付き合ってほしいと告白される——。B型アレルギーだと信じ込むばかりに、本当の気持ちになかなか気づくことができない凛子。血液型の相性はいかに⁉

EW-033

札幌ラブストーリー

きたみ まゆ

タウン情報誌の編集者をしている由依は、就職して以来、仕事一筋で恋はご無沙汰。そんな仕事バカの彼女がひょんなことから、無愛想な同僚に恋心を抱いてしまう。でも、その男には別の女の影が……。28歳、不器用な女。7年ぶりの恋の行方はいかに⁉

EW-034

嘘もホントも

橘いろか

地元長野の派遣社員として働く香乃子は、ひょんなことから、横浜本社の社長秘書に抜擢される。異例の人事に社内では「社長の愛人」とささやかれ、秘書室内での嫌がらせは日常茶飯事。そんな逆風の中、働きぶりが認められ、正社員への道が開かれるが……。過去と嘘と真実が交わる中、香乃子の心が行きつく果ては?

EW-035

優しい嘘

白石さよ

瀧沢里英は、上司の勧めで社内一のエリート・黒木裕一と見合いをした。それは元恋人、桐谷寧史にフラれたことへの当て付けだったが、その場で黒木はいきなり結婚宣言をする。婚礼準備が進むなか、里英の気持ちは次第に黒木に傾いていく。しかし一方で、彼女はこの結婚の背後に隠された〝秘密〟に気づき始める。

エブリスタWOMAN

EW-036

ウェディングベルが鳴る前に

水守恵蓮

一ノ瀬茜は同じ銀行に勤める保科鳴海と結婚した。しかしハネムーンでの初夜、鳴海の元恋人が突然二人の部屋に飛び込んできて大騒動になる。鳴海は彼女を送っていくと言ったまま、その夜帰ってこなかった。激高した茜は翌日ひとりで帰国の途に就き鳴海に離婚届を突きつけるが……。

EW-037

なみだ金魚

橘いろか

美香子と学は互いに惹かれ合うが、美香子は自身の生まれ育った境遇から学に想いを伝えることができない。一方、学は居心地のよさを感じ、ふらりと美香子のアパートを訪れるようになった。そんな曖昧な関係が続き二年の月日が流れた頃、運命の歯車が静かに動き始める……。

EW-038

TWINSOULS（ツインソウル）

中島梨里緒

遥香は別れた同僚の男と身体だけの関係を続けている。ある日、帰宅途中の遥香の車が脱輪しているところを、偶然通りかかったトラックドライバーが助けてくれた。お礼も受け取らずに立ち去ったドライバーのことが気になっていた矢先、遥香の働く会社に彼が現れる。この再会は運命か、それとも……。

EW-039

Lovey-Dovey 症候群（シンドローム）

ゴトウユカコ

高梨涼は不倫相手に「妻と別れることができなくなった」と告げられる。自暴自棄に陥った涼は泥酔の果て、立ち寄ったライブハウスで少年のようなヴォーカルの歌声に魅了された。翌朝、隣には昨夜の少年が裸で眠っていた——。恋に仕事に揺れ動く26歳と心に傷を負った18歳の年の差の恋が、今、始まる。

EW-040

バタフライプリンセス

深水千世

大学生の田村遼は男らしい性格のせいで彼氏に振られて酔いつぶれてしまう。そんな遼を助けてくれたのは、Bar『ロータス』のバーテンダー・信幸だった。変わりたいと思い、ロータスでアルバイトを始めた遼だが……。素直になれない【さなぎ】は蝶のように羽ばたくことができるのか⁉

エブリスタWOMAN

EW-041

雪華 ～君に降り積む雪になる

白石さよ

控えめな性格の結子は大学で社交的な香穂と出会い仲良くなったが、二人とも同級生の篤史を好きになってしまう。結子は気持ちを明かすことができず、香穂と篤史が付き合うことになり、結子の恋はそこで終わった。だが、香穂の死が結子と篤史を繋げてしまう。二人のたどり着く先は――？

EW-042

再愛 ～再会した彼～

里美けい

白河葉瑠は高校の時、笑顔が素敵で誰からも好かれる楢崎怜斗に恋をした。奇跡的に告白が実ったが、大学に進学したある日、彼から一方的に別れを告げられた。それから八年、心の傷を癒せないままの葉瑠が異動した先で再会した怜斗は、無愛想で女嫌いな冷徹エースへと変貌していた――。

EW-043

となりのふたり

橘いろか

法律事務所で事務員をしている26歳の霧島美織のそばに今いるのは、同じ事務所で働く弁護士の平岡彰と名前も知らないパン屋の店長。友達は『適齢期の私たちが探すべきなのは【結婚相手】だ』と言うが、美織はパン屋の店長がどうしても気になってしまう。そんな時、平岡に付き合おうと言われ――。

EW-044

見つめてるキミの瞳がせつなくて

芹澤ノエル

札幌でネイルサロンを営む椿莉菜は、29歳の誕生日に四年間付き合っていた彼から別れを告げられる。そんな莉菜の前にファーストキスの相手である年下のイトコ・類が現れ、キスと共に告白をして去っていく。徐々に類に惹かれていく莉菜だったが、ある日類の元カノがやってきて――。

EW-045

もう一度、優しいキスをして

高岡みる

素材メーカーに勤める岡田祥子は、4歳年下の社内の恋人に30歳を目前にしてフラれてしまう。それから2年、失恋から立ち直れずに日々を過ごしていた祥子の部署に6歳年下の新井が異動してくる。そして元カレの送別会の帰り、祥子は新井に促され共にラブホテルに入ってしまう――。